有型的豬小姐

李維菁
WEI-JING LEE

The PIG's Got Swag

前言

直到最後，她都在創作的路途上

她已經非常虛弱了，
但她想要寫的，還有好多好多。

「書名就叫《有型的豬小姐》。」她翻找出手機螢幕上打扮時髦的布偶角色Miss Piggy解釋書名由來。她說，有個藝術家朋友某天忽然北上，她以為對方是為了畫廊博覽會而來，朋友卻笑說：「沒，我怎麼會去。豬去逛市場，不是個好主意。」

豬不上市場，藝術家不進畫廊博覽會，李維菁問自己：那麼作家究竟立足何處？因為熱愛文學，在報業平台有很好發展的時刻，決然辭去工作，開始一篇一篇地寫。沒有冠冕堂皇的文壇背景，她寫自己相信的、創造屬於她這一代女性的文字，站出去就要有自己的樣子，她總是說：「要很有型，要有自己的風格」。

八年前，許涼涼駐進無數讀者的心；之後，女孩們對她寫的「帶我出門，用老派的方式約我」朗朗上口，她被忽然襲來的陌生掌聲與眼淚打動，更珍惜創作。捨棄工作後，沒有穩定收入，多數時候就在自己的小空間與內在的創作欲搏鬥。二〇一五年，推出長篇小說《生活是甜蜜》，透過徐錦文訴說她對藝術懷抱的憧憬：「藝術是人類試圖與上天溝通的嘗試，是曠野中、暗夜街道上，無處可去孤魂野鬼共同的歸依。是自由的國度，被溫柔海洋包覆的地球，裡頭住著平等的子民。」實然，並非如她所想，她心碎於那裡終究是富人與無賴的領地。「只有創造者有機會永垂不朽。」創作者不該對物質鞠躬哈腰，不該上市場，癡心創造的她，要把自己活成有型的豬小姐。

今年六月，知道時間可能不多，她決心要出一本文集。九月初，她在與病痛搏鬥的過程中交出一疊這些年通過自我省視，自認合格美麗的作品，一篇篇挑選改寫，她發現自己有氣力的時間漸少，只能悄聲求著上天：讓我寫。就這樣跟自己的時間拔河——跟我們說今年一定要出版！

接著我們抓緊時間翻尋所有文章，一篇篇挑選分類，透過電郵簡訊讓她確認，

「這篇要收」，「那篇我也喜歡」，從一開始的熱烈討論，到斷續簡短的回應，她的信息越來越短，對作品如何成形的意志卻越來越強。十一月初，與她相約確認要多寫篇序文。交稿日前夕，她答應我們「明天沒問題」，貼了一個可愛熊貓貼圖，但明天等來的是空白……十一月十三日凌晨，她未讀未回，從此告別。

這是一次前所未有的出版經驗，作者參與了內文編選、書名、書封至宣傳規劃，留下文字與想法，卻沒能等到這書印刷成冊的那一刻。作為她的編輯出版者，我們在哀傷之餘，只能堅持為她完成，讓她的讀者知道：直到最後她都是在創作的路途上。

感謝維菁女士的家人與好友們，成書最後這一段路，靠著他們的愛，我們一起完成。「是中場感言，是創作宣言，也是愛的回顧。」書中維菁寫下這段文字。在本書六十二篇文章裡，讀者們將會看到這個珍愛創作的女孩，透過書寫給了自己能凝望的天空。在那裡，她不被世間的痛啃蝕；在那裡，她將迷人地淺笑，擺動著衣裙，拉著愛她的讀者們溫柔訴說；在那裡，她永遠會是「有型的豬小姐」。

新經典文化編輯部

我很快樂，很快樂他看我剛好是那樣的。

目錄

The PIG's Got Swag

一個人參加婚禮

編輯寫信來向我邀這個專題：「一個人的遊樂園」，信中寫著她覺得我對於單身有種泰然自若的態度，也提到我曾經寫過「這個社會還是很難真正接納，單身或結婚只是不同的選擇，也很難接受這世界上有許多人的自我實踐或自我追求，需要大量的獨處才能完成」這樣的話。我看了愣了很久，開始反省，也從來沒有想過我在外界眼中的模樣原來是這樣。

事實上若看起來泰然自若，那一定不可能二十四小時，有時候泰然自若，覺得一個人才能享有自我實踐的空間與自由，但有時候會因為一個人的恐慌，很多事受到限制，不可能是全然快樂與美好的，而這一切，都不可能是理性上在某一刻決定我此後要擁抱一個人泰然自若，便做得到的。只能說，我很誠懇地面對自己的每一個過程，並從痛苦或現在看起來令人感到羞恥的時刻，特別是困惑中，真實地追尋答案。當然是不會有答案這東西，這世上真的沒有正確答案這東西，但因為這個過程，人變得踏實，和自己的關係也非常緩慢地，逐漸貼近。所謂獨處的重要，指的是這個，人必須獨處，才能和自己相處，看到自己是什麼樣的人，想要實現的是什麼樣的自己。而因為找到自己的重心，才可能有好的人際關係，不管是和伴侶、家人、朋友或者是整個社會。想一想跳雙人舞的道理，看那明明是兩人手牽手或彼此依靠著跳出各種難度極高的舞蹈，但最基本的道理是兩個人都站在自己的重心上，只有這樣才能合作跳出各種舞姿，如果一個人喪失了重心，或是兩個人都把身體掛在對方身上，那只是抱在一起彼此扯著對方亂成一團，跳不出什麼東西來的。

一個人必須能夠獨處才行，要有充分與自己對話的能力，否則容易活得膚淺扁薄。閱讀是一個人和自己對話的良好方式，各種形式的創作也都是，然而，一個人時上網看片或打遊戲，或一個人頻頻刷臉書，則完全不構成與自己相處對話的狀態，那種狀況等於還是和他人在一起，只是對方在另一頭，你並沒有和自己真正相處。不管幾歲，一個人一定要學習獨處，這和你是單身、不婚或是否孤獨或沒有伴侶是不同的事情。換句話說，不管一個人有沒有伴侶，是不是結了婚，都要學著有能力獨處，只有獨處才能給靈魂充電，才能和自己對話，而只有自己和自己處得好，才能在孤獨時仍有品格，也才能在和伴侶相處時，或和朋友互動時有良好的人際關係品質。

但關於一個人啊，一個人是不是真的好，我真的不知道。我雖常常獨處，特別因為寫作的關係，這種工作本質上就需要大量的一個人獨處的時間，但也因為一個人，有許多事情到現在我都沒辦法一個人去做。

像是我膽子非常小，從來不能一人旅行，因為我不敢一個人住旅館。

可以一個人吃飯，但一個人看電影雖然不是沒有這樣的經驗，次數卻非常少，因為興致不高。可以一個人健身，一個人上舞蹈課，可以一個人研究下廚，但我沒有辦法一個人去游泳，也沒有辦法一人去健行，也沒有辦法一個人去海邊。

總之，不需要因為自己是一個人，就逞強地硬要證明所有的事情一個人也能做，如果做不到就開始悲傷。人也不需要自己有伴，就覺得人生什麼地方都是滿的有依靠，或者淨去說青春被家庭耽誤，早知道一開始就不要結婚這種無聊的後悔話。有時那樣，有時這樣，本來就是常態。

神奇的是，我是那種總是開心地一個人參加婚禮的人。

我有些單身的朋友不太喜歡參加婚禮，有時候是怕心中起波瀾，婚禮中可能想起自己情感上的前仇舊恨，會悲從中來。我也認識幾個已婚多年的人，怎麼樣都不參加婚禮，已經到了原則性的地步，只包禮金人一定不到，因為從根本上質疑婚姻這種社會制度。

但我喜歡參加婚禮，從小就覺得參加婚禮很有趣，雖然我心裡對婚姻這種事情，抱著非常複雜的心情，對著終生要與他人分享自己的空間這事情，充滿困惑與害怕，有時非常想和誰合為一體，有時又恐懼被入侵而無處可逃的殘酷，長期反反覆覆，從沒拿定心思過。我不斷懷疑著，有誰會真的愛著誰真正的樣子嗎？長期將自己的喜悲和另一個人綁在一起，是不是很可怕的事？由於我是做了承諾，就會再難受抗拒也必定要使命必達的性格，總是懷疑著萬一結了婚和誰在一起，萬一要再難受抗拒卻要力撐一生，就從背脊發冷。

但，去參加別人的婚禮，我都興高采烈，突然覺得這世界充滿希望——我所怕得要死的東西，我的朋友張開雙手擁抱，並且咧嘴大笑——我所害怕的事情，說不定沒有那麼可怕也不一定。

更重要的是，每次看到別人熱戀或相愛，我心裡都開心得不得了。

我幾乎不曾因為自己沒有戀愛，或長期單身，看到別人在路上熱烈親密，或看到老友結婚而難受，反而總是高興。那代表愛這種事情應該還是在的，或者，我骨子裡頭非常喜歡相愛這種概念，喜歡兩人彼此眷戀的念頭，雖然因著種種原因我不在那狀態，或常常懷疑，但心裡頭對這件事有著浪漫的執念。說不定因為就是太過執念，反而碰都不敢去碰。

只要看到兩個人彼此喜歡，喜歡到不得了的程度，喜歡到想要一直和對方生活在一起，我就不自覺地想：這種強烈的感情，還存在這世上哪！

有這種衝動不見得保證白頭偕老，但，世上人類若沒有這種衝動，活著幹啥呢。

這讓我覺得這個總是令人悲哀的世界，總算有些可喜美麗之處。

好可愛啊，我看著台上的新人，有的婚禮辦得莊重神聖，有的婚禮辦得像家家酒似的歡樂粉紅，咧嘴大笑或激動流淚，我心裡止不住讚嘆。沒有這種衝動，活著做什麼。

置身在這喜慶熱鬧中，看到花花綠綠，歡騰繽紛，大家都打扮得漂漂亮亮，儘管一個人，我總是笑嘻嘻。平常哪有什麼機會到一個地方，大家都這樣一致地笑嘻嘻眉眼彎彎。比起去藝術圈的開幕，大家酷成一副鼻孔朝天樣，或去文學圈的講座，裝犀利批評東批評西，我比較喜歡婚禮。這裡好，這裡熱鬧，這裡漂亮，台上的新人對以後的命運正充滿期待要開始呢，他們相信人生還大有可為，相信彼此屬於對方，有種新鮮而旺盛的力量。

若台上是再婚的人，我往往鼓掌歡呼得更用力。這種事情人生有過一次經驗很可能就終生傷殘，而他們願意一試再試，對未來仍然還有柔軟的渴望，真是了不起。

一個人參加婚禮，我認真看自己的朋友在人生大關上的美麗燦爛，我奉陪得義無反顧。我總是從新人禮服、雙方家長造型與致詞，還有台下雙方友人，一一認真得像小時候著迷於萬花筒那般地欣賞，就算身邊坐的不是自己認識的人，說不上話，我也每一道菜都吃得很高興。若排座位剛好排到平常不喜歡的人，只有在婚禮不讓人覺得太過彆扭，因為在這片鬧騰中給予祝福，只有婚禮上大家的情感是趨於一致的。看人，被人看，觀察，被觀察，長輩致詞，影片表演，服裝時尚，言語禮俗，還有一道道菜餚。

置身於熱鬧之中，我幻想大家都開成一朵朵花。

我沒有這樣的機運和誰結為連理，並不代表我討厭或否定這件事，婚姻從很多角度來看，也不是個太壞的點子。人畢竟是群性的動物，無法不仰賴他人而生活。在這世上發心想與另一個誰彼此依靠，相互扶持，好好過生活，不賴。

儘管，關於婚姻，現實上太多拉扯，而性別結構下的權力問題，非常龐大，大到超過兩個人或兩個家庭能夠負擔，可能會傷人至深，而且這種傷害不可能只仰賴善意與愛情而能解決。但對某些非常幸運的人，善意與愛情也許可以稍微紓緩那痛感。今天晚上過後，這對寶貝會發生什麼沒人知曉，然而此時總是要大聲加油的。

我想起我的大弟弟結婚那天，婚禮非常簡單，只邀了少少的幾桌親友，弟妹沒請伴娘，也沒請新秘，一切都自己來。婚禮開始前，弟妹的禮服出了小問題，她和弟弟兩人在餐廳的小隔間，自己處理好就出場。婚禮結束後，也沒有鬧場沒有派對。婚禮結束後，我和家人下樓到餐廳門口想等大弟和弟妹，沒想到這對新人已經早就從禮服換回平常T恤牛仔褲球鞋的樸素模樣，連妝都卸得一乾二淨，站在餐廳門口，完全看不出是剛辦過婚禮的主角，身上沒有剛剛一點點餘熱光輝殘留，只是家常，像隨處可見的平凡情侶。

小兩口淡淡地對我們揮手道晚安，手牽手轉身去搭車，就要開始他們的尋常人生了。我覺得很美，覺得所謂伴侶，莫過如此。

說不定就是因為這樣，我常常那樣一個人盛裝赴會，也覺得義無反顧。

日常

前陣子住在附近的一位出版界朋友，撞見了晚餐過後我一人逛超市，左手提衛生紙、右手拎塑膠袋大包小包走回家的模樣，他在大笑聲中二話不說拿出手機拍了下來，貼在臉書上。他寫著：「原來作家也會提大包小包的衛生紙，大街上。」這就是我生活的寫照了，不寫字不準備資料的時候，和這城市所有普通小民活得一模一樣，逛超市、清掃、散步、去小7繳費或在家敷臉發呆。

對於作家生活大眾的幻想常常是成日讀書作詩的脫俗飄逸，或者是發表會藝術家成群的光鮮，再不就是泡在創作的憂鬱中鎮日呻吟。現在的世界社群媒體盛行，作家、編輯有了帳號像坐擁私媒體的兵器，形塑自己的模樣形象。於是，讀者也不太需要將文學作品的氣質延伸投射到作家身上，只要上網看看作家的照片、生活動態、心情獨白，這些從螢幕跳出來的片段訊息與畫面，就可以構成讀者眼中的作家形象。每天為理想、為文學受苦獻身的，便被當成藝術英雄；鎮日雜談典故、睥睨世俗的，不用出書也能當評論；貼貼修圖美照、文青咖啡、旅行風光，人就當你是生活家。

然而這真的是作家的生活嗎？

對社群媒體每每質疑睥睨的我，老覺得那邊淨是寂寞之海生出的妖孽幻影，儘管如此有時候也不免突生困惑，難道在寫字的人，只有我的日子過得像寂寞的大媽？但我很快就恢復神智，我相信我過的日子是這社會上多數人過的日子，柴米油鹽醬醋茶，而我正在過著社會上大多數小民日子的心情，正在感受大多數小民感受的社會，正在徬徨小民迷惘的心情，讓我覺得踏實安心，讓我覺得創作並不是憑空畫樓閣，寫字並不是文人的無病呻吟，自己是這轉動巨輪的一份子。這讓我覺得腳踏實地，也是我相信創作者要有的態度。

我常常覺得在社會裡頭活著，呼吸著市場裡的氣味，聽著美容院婆婆媽媽的抱怨，排在美食街等候號碼牌的隊伍中，有種自己活著的群體感。在必須長時間翻攪重組寫作素材，以及每每要彷彿搭電梯往地下觸碰回憶陰暗深處的創作狀態後，能夠有種重回人世間陽氣的明亮溫熱之感。

我非常需要這點。

在寫作恍惚的回神後，在深淵與神或與惡魔打交道後，我必須感覺我仍是這忙亂躁動世界的一員。哪怕是在星巴克買一杯咖啡，聽人細細吵雜的交談，看看旁邊抱怨政治的老先生老太太；或者去買一碗麵外帶，聞到蔬果醬料熬煮湯頭的香鹹；感受蓮蓬頭噴射的熱水按摩頸後腰背的舒緩，還有乾燥皮膚摩擦新鮮棉那種讓人幾乎想哭的放鬆。我珍惜著日常生活，「日常」這兩個字讓我好生眷戀。

但看在別人眼裡，我的家人朋友可能覺得我自以為的日常古怪荒謬。

像是，處在發呆狀態的時候，聽到門鈴或電話鈴響起，會生出被打斷的暴躁，因此生氣，不肯接電話也不肯應門，明明人在，卻怎樣也不肯出聲應答。在常去的咖啡廳寫字，不知不覺就脫了鞋子盤腿而坐，意識到自己脫了鞋腳盤上椅子，羞得把腳放回地上穿回鞋子，但寫著寫著又脫了鞋。

更糟的是，忍不住常掉眼淚。讀書的時候常因太進入故事，寫小說時則因情感太過脆弱，眼淚就不可抑制地大把大把滑出眼眶，愈抹愈掉淚。我本來以為午後咖啡廳不管老的小的常客都各忙各的，各自面對自己眼前的電腦、手機、書本或報刊或人生難題，沒人注意誰，也不會有人發現鄰桌的女人哭泣。

誰知道，有天鄰居美容院的老闆娘在路上叫住我，關心我過得是不是還好。

「怎麼了？」我問老闆娘。

「我家老闆說，他有天經過彩券行旁邊的咖啡廳，看到你坐在裡頭，本來想和你打招呼，卻看到你坐在裡頭一直哭。他嚇壞了，不敢叫你，趕緊跑來問我你是不是出了什麼事，為什麼一個人坐在咖啡廳哭？」

「啊……那個……」我臉紅了：「沒……沒事，我在看書，太感動了吧我想。」

頂著密密瀏海嘴唇塗得紅紅的老闆娘咧嘴笑：「是吧，我想也是這樣，我就知道是這樣。

「我告訴我家老闆啊，做李姑娘那行的什麼藝術文學的人，都是神經病神經病的，我之前就看過好幾次你一個人坐在那店裡哭！」

名字

還沒上幼稚園我就模糊地知道情竇初開大概是什麼感覺。母親的家族聚會中，我見到了一個男生，是大人，就被那個男性大人的什麼魅力吸引住了。鏡片後深陷的大眼，高挺的鼻樑，下巴的線條，他笑起來紋路開展的方式，我也不懂，但總是直直看著那個男性大人，突然感到害羞，又忍不住回頭盯著他。

回家後我很期待下次繼續參加母親那邊的家族聚會，希望能再見到那個大人，並且常常想起他。但他是誰呢？我觀察大人的互動，看不出他是誰。連他是誰都不知道，使我的想念沒法名正言順，也因這個大人的身分不明，無法用語言界定他在我世界裡的位置，模糊朦朧的心思沒法真正成形固著。

換句話說，因為他的身分無法用語言界定，使得我的感受也無法正名確認。

長大後我想起當時的忐忑與焦慮，不免覺得驚奇。不是自己怎麼會這麼早熟，驚奇的是語言如何界定了感受，語言如何確立了存在，這個現象學初講的道理，那些關於本質、事實、語言之間的辯證，果然是真的。

至少，我心裡感受到的絕對不是「名字是什麼呢？玫瑰不叫玫瑰，依然散發同樣的香氣」。

我不斷追問「有個戴眼鏡高高的老是笑的男人是誰？」，家中沒人弄懂我結結巴巴卻急躁地想弄清楚的男人是哪一個，多問幾次後我就挨罵了。

後來弄清楚了，那個笑容好看的男人，是我舅媽的弟弟。不過要怎麼稱呼舅媽的弟弟，我也不知道。

誰知道，身分一旦確認，遠近親疏釐清，我柔軟膨脹的心思就落了地。在長大的過程中，我確認小時候那模糊的心情，是人生初次感受到男性魅力是什麼，而又還沒發展成為單相思的執著。

有趣的是，當身分、關係、位置終於經由語言文字而固著成形，我小小身體內流動的膨脹情懷，卻也因確認、成形、固著，很快就消散了。

這種膨脹模糊著魔般心情，在我小一的時候再度迸發，但也再度因為語言的關係受挫。

隔壁班那個和我在同一站搭校車上學，髮色黃褐、睫毛長捲的大眼男生，每次見到他都覺得令人開心。問題是，儘管他的名字就繡在制服胸前的口袋上，我卻因為識字有限，認不出他的全名，成天苦惱。

他名字三個字，我只認得後面兩個字是偉吉，前面的姓，看起來就像複雜的圖形，完全陌生。那個圖案就寫在制服上，就在我眼前我也不認識，因此也問不了大人那一團究竟是什麼字。

我下了校車，遠遠地跟著那黃褐頭髮的男生，看他究竟住在哪裡，原來離我家不遠，前兩條街右轉，上坡爬階梯，出現大社區，他走向其中一棟。知道他家住哪裡，週日上午我有時候會偷偷走到那附近張望，沒兩分鐘又走回家。

黃褐頭髮男生終於開始和我講話，校車上我們面對面坐著，有一句沒兩句的對話，因為校車發動後禁止交談，要不然會被記名字。我心裡雀躍，又害怕被他發現我根本不認識他的姓。他叫我名字時聲音明明白白開開朗朗，我講他的名字的時候，第一個音快速含糊地帶過，後面偉吉兩字才大聲清楚發音。

我希望他沒注意到，或者覺得那是我講話某種輕快的節奏方式而已。

有一天黃褐頭髮男生沒好氣地說：「欸你……我叫盧偉吉，你為什麼每次都叫我胡偉吉吳偉吉！」

我漲紅臉垂下頭，好久都說不出話，但沮喪中溢出閃光欣喜——那個苦惱我好久的字原來唸ㄌㄨˊ，我多認了一個字！

我很快就又喜歡上別的小男生，這一個那一個，認識的字也愈來愈多。

名字的情結，一個定名彷彿能使之輪廓凸顯，使個人性凸顯，在名字出現之前，儘管香氣芬芳，那人或那花，只是許多人之中的一人，只是許多花中的一朵。有了名字，彷彿人才有了面目，兩人之間特殊的聯繫才產生。

我突然懂了年輕時候聽到有些浪子習性的大男人喜歡給女生取小名或取英文名，彷彿權杖在他手中，給她一個名字，使她眉目成形，賦予她一個風采。

我認得字愈來愈多，卻粗心大意。

「我叫什麼名字？」有一次前前前前男友指著我寫在本子上的他的聯絡方式

（好像是要我幫他辦什麼事情填表格我寫了起來），瞪大眼睛：「我的名字不是這樣寫的，是『倫』不是『綸』。」

「什麼?是『倫』不是『綸』?」我也呆住了。

「這段時間你一直弄錯我的名字嗎？」他問。

「你確定你的名字是『倫』嗎?」我不死心想狡辯，也許他弄錯了他自己的名字。

「嗯，是『倫』。」他沒再吭聲。

幾年過後，我的前前前男友又指著我手機資料中關於他的那一筆，沒好氣地從鼻孔哼出聲：「我的名字是『至』不是『志』。」

「什麼?」沒想到我又犯了同樣的錯，驚呼了一聲。

「小姐，我們交往多久了?」他沒好氣地問。

「一年吧。」我很小聲。

「我們牽手了?」

「嗯，牽手了。」我點點頭。

「我們接吻了?」

「嗯，接吻了。」我瞪大眼睛不解地看他。

「小姐，你跟一個連名字都搞不清楚的男人牽手接吻，你不覺得你太隨便了嗎？」

我抓抓頭，想講茱麗葉那套什麼玫瑰不叫玫瑰還是一樣芬芳的話，但生怕更激怒人家，閉著嘴等罵。

天空

我讀的那個天主教小學，午餐時間過後，要求所有的小朋友必須午睡。把特殊設計的課桌椅椅背放倒，小朋友蓋著開學時就放進教室櫃子的小毛巾躺著睡。導師要求每個小朋友都必須閉上眼睛，如果偷偷張開眼睛，導師發現會叫你去罰站，如果閉上眼睛但眼球猛轉動，導師發現你假睡，也會罰你。我記得小學一年級時，有一天導師請假沒來，午睡時間的氣氛就變得相當自由散漫，大家躺著卻亂動，睜開眼又閉上眼，小朋友偷說話。當時的我坐在教室右邊那一排，位子靠著窗戶邊，那天我側身，捲著小毛巾，看著窗外。

天空好藍好高也好遠，天空鑲著幾朵雲，我呆呆靜靜地看著雲，被那雲的形狀變化吸引，有一朵雲像兔子一樣，耳朵突起，身體胖胖飽飽。隨著風一陣陣吹過，身體邊邊的形狀彷彿有些微的變化，看兔子旁邊比較稀微的雲朵已經有個小角角被吹散，也發生了移動。我凝視著兔子，等待著它發生變化，還有那肚子雲朵厚厚一層層疊起，就像是鮮奶油一朵一朵疊著。

重點是看著天空，看著雲，什麼也不想，沒人逼你睡覺，沒人會記你名字，就算旁邊再吵鬧，這世界彷彿只剩下了我和靜默而瞬息就要變化的天空。寂寞而安全，只有自己和宇宙就攤在人類眼前但無人注視的神祕律動，就那樣躺著看著。

午睡時間結束，下午第一堂課開始，小朋友紛紛收拾好桌椅，把小毛巾收進櫃子，上課的老師已經進教室。而我，就是不願意起身，只是繼續側躺著看天空，背對教室發生的一切。小朋友窸窸窣窣地說我睡著了或者我在假睡的討論，還有老師決定就任我那樣躺著背對班級的決定，像夢一樣從我皮膚流過。只有我自己以及我窗外的藍天。

不知道為什麼，那個下午發生的事，對我來說十分難忘，現在想起來像是我人生的某種隱喻一般，或者，那是個彷彿神諭的片刻。但究竟傳達的訊息是什麼，我又不是那麼明確理解。只是在我往後人生，那天下午靜靜的彷彿脫了身邊的一切，靜靜看著天空的畫面，時不時就會浮現腦子。

當我的生活讓我覺得無處可走的時候，有時候哭有時候不哭，我能想到的就是靜靜看著上面，看巨大無比有時如惡魔有時如天使般，在我們生活的頭頂上老是靜默地發生激烈變化的雲，好似人們不理解的機制正在運作，就在你頭上但你淡漠無知。我老覺得，多看幾次，有時向天空說話，我應該就會找到路。

最近我又開始呆呆地看天空，我身邊的朋友有的還在有的散了，每個人在中年回想起來都發生了不少事，受過恩惠也被踐踏過，想起過往所做所為，深感羞恥也有深深微笑的時候，大家好像都在承受自己的命運，內在外在身心的轉換震盪正在經歷之中。轉業，離婚，外遇，旅行，玩得更珍惜所有，或貪婪得更肆無忌憚，或承受照顧上下兩代之間的壓力，已經初嘗生老病死。有人去了道場，有人則走進了美容診所再猛貼臉書自拍照。

而我又算什麼呢？我是勇敢還是懦弱呢？與人生若即若離，在我的屋子裡頭寫我的字，我寫的字又有什麼意義呢？心慌的時候，我最近又想起背對著全班看著天空的小時候那下午。那是村上春樹的意思嗎？他說他最喜歡的棒球位置是左外野手，我想那應該是賽內最邊緣遙遠的位置，可以看整個球場與天空。

是中場感言，是創作宣言，也是愛的回顧。最遠的局內人，那位置只要往外踏一步，就走到局外。但那位置有整個球場與天空。

身體

有一陣子我學跳舞，老懷著這問題過日子，一直想找個適當的人問，但只想找我敬重的並且在藝術上理解明澈的人提問，我想聽聽他怎麼說。因為問了我不信任的人，我也不會信，因此懷著問題很多年沒法開口。

後來我終於碰到了我信任並敬重的小鬍子朋友，問他：「一個身體很棒很棒，上天賞飯吃那樣厲害的舞者，但他若是笨，對人間情感事物的感受有限，但真的超級會跳，那他能成為很棒的舞者嗎？」

我那位敬重的小鬍子畫家朋友，沒有回答。

我擔心他不理我，又追著解釋：「一個在情感上俗氣平庸，但身體厲害到上天賞飯吃的那樣厲害程度的人，可以成為好的舞者嗎？」

小鬍子平靜穩重，正如他平常那樣，沉吟了一會兒回我：「我想，成為八十分到八十五分或更努力點，甚至要到九十分說不定都沒問題，但成為最頂尖的舞者，超過九十分的，我想是有問題的。」

「畢竟，舞蹈這事，最終就不可能只是身體。」

「當然舞蹈是身體，沒身體什麼都不用說，但走到底，它又不只是身體。是藝術，還在於人對這世界的回應吧！」

我常常對寫作感到迷惘，現在甚至可說愈寫愈迷惘。這樣子寫對嗎？有必要寫嗎？我懷疑自己能不能寫、會不會寫、是不是該停手或常常咒罵寫字到底他媽的有什麼意義，腦子與情感混亂成一堆。偶爾會想起這位小鬍子朋友所說的話。

我從事的事，人們口中的創作，本質上是藝術，和舞蹈一樣。沒有形式是不成立的，但只有形式是不可能成立的。寫小說，沒有好的文字是不可能的，但是終究，只有文字，小說是成立不了的。因為它不只是文字，它終究是人對生命的回應。就像視覺藝術，沒有媒材的準確運用是不合格的，但只有形式準確是不夠的。

也像音樂，只是很會唱高音或彈得很快速淩厲，走到後來是不夠的。

這個時候我的腦子會稍微退燒，轉速稍微從將近當機稍微恢復正常。雖然退了燒還常常是動彈不得，有時懷疑別人寫字會不會也像我這樣像沾到膠水的蒼蠅，在紙上動彈不得。

我有很多年學跳舞，十分熱衷，有個意外的收穫，那便是從不同藝術類型中學得，儘管不同形式，其實蘊含的共同道理真是不少。後來又更長了些，發現藝術上的道理與人生的道理也那樣相通。

然而終究還是要回到文字，一個字一個字地緩慢爬行，想急也急不得，這是過去的自己從來沒有面對過的考驗。因為慢，所以人生一切都慢下來，我猜想這便是笨人的寫作法，只能慢慢寫，別無選擇。那些人們口中備受讚嘆的橫溢才華，瑰麗駢體如織錦似的，氣勢磅薄的，慧黠刁鑽的，備受輿論掌聲與學界推崇的，終究都是他人的命運與才華。我所能做的，只是面對眼前的一方白紙，一個字一個字，平凡老實笨拙地，慢慢爬。

除此之外，我沒有聰明的方法去面對自己的人生。有時我也渴望寫出漂亮文字聰明文章，卻因太過渴望或沒有自信而陷入膽怯慌張時，我就想想舞蹈，想想音樂教給我的事。也許條件不如人好，但我應該還是可以盡力伸長肢體，表達一次心動的震盪吧。也許轉音唱得沒有別人靈活高超，但我相信應該還有什麼，是音樂之神看重的，也許是某種與人世的誠懇連結，也許那是與音樂本質相關的。

而寫字，就回到此時此地，一個字，一次一個字，我的人生，一次一天，一分之一秒。

主題曲

影集《艾莉的異想世界》裡頭說的，每個人都該有自己的一首主題曲，那首曲子可能是你無法控制什麼時候什麼場所自然在腦子裡頭嗡嗡響起的旋律（那位古怪瘦小的律師就因隨時聽到巴布・馬利作響而苦惱），或者，那首主題曲可能是你自己自然哼起的那首固定的歌。人生一旦有了主題曲，像是有了錨，定了基調，像你人生的某種氣質。

人生有首主題曲的額外好處是，一個人在這城市晃蕩，也變得像主演電影一般隨時有背景音樂襯映，平凡的生活突然有了風采，不論自己多麼微不足道，在路上走著也像走台步一樣，總是這支音樂錄影帶的主人翁。

不過，要為自己的人生選首主題曲，哪是那麼容易的事——除非你像那位古怪律師，腦子內有首曲子鬧鬼般固定糾纏。

每首我曾經熱愛的歌，都包含了我在那個時段的人生命題，我根本沒辦法定調誰是主題曲。

有一陣子寫稿前我常聽耶誕歌曲，儘管當時還是炎夏，神奇地，悶熱高溫中聽耶誕歌曲，人會逐漸從煩躁進入呆滯，放空發懵什麼都不想，好一會兒過後便自動切入工作狀態。聽到喬治．麥可過世我非常哀傷，好像自己過往的某部分其實成了殭屍，從他棲身的墳墓中爬出來咬了現在的我一口。我人生第一張專輯就是「Wham!」合唱團的《Wake Me Up Before You Go-Go》，是社團胖學長好心送我的，我高興得蹦蹦跳跳。我還記得第一次聽到他唱〈A Different Corner〉，還沒完全聽到他唱什麼，眼眶就熱了，他的高音有一個非常非常美麗的地帶，明澄乾淨帶有黃金光芒的空間感，像陽光透過教堂上方彩繪玻璃映出來的那一塊空間，然後你才弄懂了，他真在唱著他的迷惑，對上帝提問。而他走的那天，就那麼剛好，我還在聽他說「They Won't Go When I Go」。

還有我少年時的家教，他來我家上課，有次我和弟弟進了房間，看見他一個人正喜孜孜地轉圈圈還邊哼唱〈Last Christmas〉。他尷尬地說，因為昨晚學校開舞會，最後一首就是這首，他還沉浸在餘韻中。

你戀愛了吧，我狐疑望著老師。

老師笑了，他說，很明顯嗎？你這小孩真聰明。

所以你們還跳了什麼舞？我問他，很想知道大學生舞會放那些音樂。

老師說，最後一首一定是慢舞，是〈One More Night〉，菲爾．柯林斯，這是舞會必放曲。

喔喔，我好羡慕地看著眼前的大學生。

我記得老師當時是台大物理系的學生，小小的眼睛藏在厚厚的近視眼鏡後面，非常聰明而資優的那種。老師的父親因為當年政治壓迫的關係，離開台灣跑到美國去住，老師很小就在美國上學生活，直到高中才回到老家新竹上學。老師說，剛回來的時候，他中文很差，跟不太上課程進度。但是，他拍拍胸脯：「因為我很聰明，還是克服障礙考上台大。」

「呵呵呵臭屁鬼！」我們虧老師，因為他就像大哥哥，對我們很親近。

因為搬家的關係，轉到明星中學的升學班，其實我非常適應不良，每天哭哭啼啼，覺得同學都好勢利好可怕，老師也好兇好現實。我每天都不想上學，上課根本都聽不懂，聽不懂就更被罵被罰。搞到後來真的不行了，只好請家教，很幸運碰到這位大哥哥。剛開始我哭哭啼啼地拿著考卷問他，他都把每道難題用邏輯一致清楚的方式告訴我，逐漸地我就不太哭了，學校也跟得上了。

有好幾次我氣餒地說，學校老師和你教的不一樣，怎麼辦怎麼辦。他總是笑笑地說：「這有什麼好難過的呢，當然是聽我的，不要理學校的老師。」

我聽了就安心。

因為很習慣這位大哥哥，後來連英文也會問他。但是課本的英文很簡單，當時讓我感到困惑的英文，都是流行歌曲裡的英文，看起來每個字都好簡單，但放在一起就是不懂。我實在不太敢拿流行歌曲的歌詞問他，但我每天都在房間跟唱，老是弄不懂意思，唱起來真是很沒勁。但大哥哥真是好極了，有問必答，還推薦我聽不少歌。

我記得他說，蒂娜．透娜超級性感，歌性感，腿性感。

他還說，艾瑞莎．弗蘭克林非常非常了不起，實在不得了。說完他還自己昂昂昂地帶轉音在我家唱了一段。

有一天我問他：「『Holding Out For a Hero』是什麼意思？」

老師愣了一下，有點尷尬的表情，和他平時反應超快有問必答的表情不太一樣。

「哪聽來的？」他反問我。

「和表姊看《雙面諜》，那個男主角好帥啊，是主題曲。」

他嗯了一下，卻不回答我，我不高興，叫他快說，他卻說先上物理晚點再回答我。

上完課他要離開，我又問他，你還沒講那歌詞是什麼意思。

他突然臉紅了，坐回椅子之後，冷靜而沒有抑揚頓挫地說：「為了英雄守身如玉等待的意思。」

他一說我也愣住了，很冷靜而沒有抑揚頓挫地說：「我懂了，謝謝。」

我記得老師告訴我們他戀愛時，我和弟弟問他：「所以，你女友是什麼樣子的人？」

老師小小的眼睛出現夢幻感：「啊……我可以告訴你很多很多，但其實我說的可能也都不是真的。」

「怎麼了？」我和弟弟很擔心地看著老師。

「初戀多半只是自戀的轉移。」老師說：「我想成為什麼樣的人，而剛剛好對方眼裡的我是那樣的人，很可能是出自誤會，但是我很快樂，很快樂她看我剛好是那樣的。我愛她因為我可以順理成章地愛了自己。」

我靜靜而溫柔地看著他，小小年紀便知道眼前的大男生非常聰明。

後來又有一次，當時我就像我的同學一樣，把「空中補給」的歌當作英文教材一樣地每天唱，有個地方搞不懂。

我問老師：「『Making Love Out of Nothing At All』是什麼意思？」

老師瞪著我看，爆笑出聲：「嗯，我下次再告訴你。」

很久以後我終於弄懂是什麼意思時，也總大笑出聲。

便利超商是我的好朋友

前陣子一家文學刊物約了幾位作家進行野餐特輯，要作家帶著自己製作的食物，坐在草地上鋪好格子方巾，交換食物，談秋天與文學。我忐忑得像小朋友，因為在烹調食物這方面我的等級就和宿舍男生差不多。多數時候只是把自己想吃的所有食物，全放在一個鍋中煮成湯，或者想吃青菜的時候就買一大堆炒成一盤什錦。基本上我的能力就差不多是把食物弄熟而已。我告訴自己，不煮菜廚房就比較乾淨。

不少人想像作家、藝術家應該比較講究生活品味，那肯定是錯誤的，像我這樣一位生活在都會的寫作者，生活就和都會中成千上萬上班討生活的小民差不多。每天工作到了點，出門吃個午餐，回來繼續。當然我也羨慕那些四處旅行寫美食點評的作者，但我沒辦法。又因為實在太過懶惰，有時候就算想去餐廳正式好好地吃頓飯，卻因不想出門，反而在沙發前的地板躺著不動，彷彿和自己的飢餓感作戰，想到要換衣坐車還要訂位，飢餓就不算什麼，繼續躺著不動。我每天最習慣的，就是蓬著亂髮穿夾腳拖下樓去旁邊的便利超商買零食買各式各樣的飯糰與炸雞球。我偷偷對刊物主編說，其實我比較適合文學與便利超商特輯，而不是優雅的秋日野餐特輯啊！

我覺得便利超商是都市單身女性的好朋友，除了可以繳水電影印叫計程車，還有許多具體事證。每天早上我都去買咖啡，儘管許多朋友抱怨那裡的咖啡品質不好，但我就是每天端著那淡淡的咖啡熱熱喝下肚，看著匆忙的上班族買早餐趕上班，我好像在吸收人氣，開始一天的生活，讓總是獨自在家寫字的自己，仍然有著與都市人群律動有點關聯的感受。因為每天都去，便利超商早班晚班人員都混得熟。只要我踏進門，他們就問要拿鐵還是美式，不忙的時候會加上一句：「今天你化了妝，要出門嗎？」看我又是夾腳拖體育褲，便說：「你到底是做哪行的為什麼這時候還不用準備上班？」連我家人都沒這麼互動頻繁溫暖。

我常打不開罐頭，力氣不夠或掌握不到竅門，每次死命用湯匙敲打或隔著毛巾用力轉，還是打不開。身為單身女性，這真是令人十分心酸的時刻，明明十分想吃，近在眼前卻搞到臉紅脖子粗手疼，就是吃不到。這時候我便拿著那可惡的罐頭下樓走到便利超商，很有禮貌舉起罐頭對店員說：「我需要你的幫忙……」櫃台後不管是弟弟還是大叔連一句話也不用說，伸手接去一轉就開，再默默還給我。

有一陣子我住在木柵小社區，社區中心就是一家便利超商。那時候我想寫作，卻什麼也寫不出來，常常夜半沮喪，電視已經無感，覺得活著一點也沒有存在感。我有時候受不了會半夜在破舊棉衫外直接套上大衣，穿拖鞋走到便利超商，買咖啡，站著翻看零食與面霜，有時站在超商門口看街燈。值夜班的便利超商小弟，因為常看見我，有時候會請我吃賣不出去的茶葉蛋，還會聊兩句。

一陣子後我打算搬離那個小社區，向便利超商那小弟要紙箱。

他問我：「你要搬走了？」我點頭說嗯。

他幫忙找了兩個紙箱，要我晚點再去，也許還有其他紙箱。

他問：「我以後見不到你了嗎？」

「我會回來看你的。」我充滿感情。

「好，你一定要回來看我。」

但是，我搬走後從來沒回去過。

比我晚搬離那社區的一對情侶好友，有次告訴我，他們到便利超商，那夜班小弟還問，你們那個朋友還會回來嗎？她說要回來看我。

那對好友把我痛罵了一頓，要我做不到的就別允諾，不要欺騙別人的情感。

以貌取人

在週刊上班的可兒告訴我一段往事，隔壁組的女同事做個專題，必須採訪醫師意見，可是週刊形象不好，沒什麼醫生願意受訪。那女同事託了關係，終於訪問到一位大醫院裡頗為有名的年輕醫生，對方見到面又發現來的是位漂亮女記者，很認真地解說，終於讓她好好地交出專題，那女生感激萬分。

採訪結束後，年輕醫生對女生說，沒想到平面記者也長這麼好看。那女生笑說，好看的同事很多，自己普普通通而已。年輕醫生後來來了電話，希望那女生約幾個女同事，與他幾個未婚男醫生朋友，辦場聯誼。

女記者聽到這提議，原先的感激之情稍微打了折，但欠了人情只好硬著頭皮拜託大家幫忙。她拜託幾個模樣好的女同事出席，談好日後一定報答，交代大家稍微打扮整齊，千萬不要趕稿時那種可怕的德行出場。

聯誼當天，男生女生對坐兩排。一整列年輕男醫生，都是從小被當作精英養大的男孩，早早自覺自己在婚姻市場中的優越。可惜小精英並不知道記者出身的女生，工作慣性中有種視大人而藐之的叛逆，個個頭上長了角。又加上這些女孩個個穿著入時，男醫生看了只覺得不過是群搞媒體的辣妹。

「一群女記者呢，」高個兒自覺風趣帶貶帶刺地開了口：「所以，你們平常就是一群狗仔，每天跟蹤名人上賓館，拍人家垃圾維生啊！」

整排男醫生哈哈大笑，像是默許這話十分機智團康似的。

整排女記者沒人答腔，有人板著臉，有人乾笑兩聲，主辦的女生滿臉尷尬，用眼神祈求同伴原諒。

但可兒不打算忍耐，她堆著滿臉假笑：「這裡坐著整排年輕醫生呢，長得又這麼英俊。所以，你們平常的工作就是收人紅包才開刀，替權貴擦屁股很認真？」

醫生集體爆炸了：「說什麼鬼話啊你這女人？」可見拍桌子怒罵：「說什麼鬼話啊你這混帳？」才開始就互罵，可兒罵完起身就走，其他人跟著站了起來，就散了。聯誼超失敗。但第二天可兒進辦公室的時候，女生們頻頻向她豎起大拇指致敬。

我最近迷戀兩個韓國綜藝節目，《看見你的聲音》和《蒙面歌王》，這兩個節目玩的是同一個概念：以貌取人。

《蒙面歌王》邀請老中青各代歌手，角色扮演並戴上面具，全身包得密不透風，不讓人辨識出長相與身材特徵。上台演唱歌曲後，現場觀眾評分，高分者勝出，一關關選出歌王者。由於觀眾無法認出歌手是誰，只能靠唱功評分。出人意表的結果常常發生，像是被尊為歌壇女神或天王，很快被刷下來，平時以為只靠俊臉與舞蹈賣弄的偶像，竟然歌唱好到人人掉眼淚，還有搞笑諧星竟然歌吟悲鳴打動人心，運動選手還能載歌載舞。摘下面具揭曉身分，那一剎那的反轉效果讓人興奮莫名。

外表造成偏見，《蒙面歌王》將可能引起偏見的因素全部去除；《看見你的聲音》則走相反策略，將外表帶來的偏見放到最大，將以貌取人進行到底，玩弄大家。《看見你的聲音》邀請來到節目的每個素人，打扮得奇形怪狀，提供半真半假的證據，就是不能聽嗓音，試圖混淆來賓的專業。製作單位邀請來的都是重量級歌手或音樂製作人擔任來賓，要來賓選出在場素人誰是實力派歌手誰又是音癡。

多數的時候，儘管再資深的專業人士也會被制式印象誤導：闊嘴胖子一定中氣十足會唱歌、律動感十足氣勢穩當自信的一定是歌手、舞跳得太好肌肉太發達一定是音癡、俊男美女臉俏腿長——這種長相怎麼可能會唱歌，是花瓶吧。

有一回，台上來了個漂亮妖嬈的長髮短裙女，來賓加上觀眾同聲說這種長相肯定是音癡。有個男生補了一句：「這麼漂亮，一定要是音癡才可愛啊！」大家紛紛點頭說，如果長得妖嬌，專業又厲害，這種女人就不討人喜歡了。

我突然生起恐怖與憎恨之感，儘管一秒鐘前還隨著節目哈哈大笑。

人會長得愈來愈像你的職業，我非常憎恨這句話，之所以憎恨，可能因為我知道那是真的。穿著打扮，談吐舉止，最後連思考方式也是，你變成了你的職稱。你的工作成為你唯一的標籤，你的名片是他人認定你的唯一方式，甚至，你也只以這種方式認定自己。

會計必然謹慎精明，深灰色套裝；主播必然口條分明，妝容銳利；教授一定學識過人，清高無爭；工程師不知變通，格子襯衫休閒褲。人們就算親眼看到他們明明不是這樣的，但眼睛相信偏見，不肯真正去看，而我們也就放手讓自己長成偏見的模樣。

我希望到老都能愛怎麼穿就怎麼穿。

但是，是不是因為我想照自己的方式穿衣服，所以挫折連連？如果我願意早點穿上深藍色西裝外套，是不是比我奮力抱病工作更有說服力，能讓我看起來專業一點，能讓他人看重我多一點，能讓我在職場的發展順遂一些嗎？

早些年報社記者跑完新聞要回辦公室發稿，因此每次在外採訪完各方意見，應付各種狀況，傍晚還要趕回到辦公室架上電腦。同組的短下巴男人，總在辦公室拿著電話扯開嗓門，用全辦公室都聽得到的音量，聽到他的採訪內容以及與那頭殷殷的交流。

「XXX好認真哪，每天都聽到他在打採訪電話。」

久而久之，儘管那男人寫的稿子狗屁不通爭議連連，大家都這樣看他。

我暗想，如果真的很認真，他不是應該在進辦公室之前，就把該做的採訪都做完，怎麼會等到傍晚進辦公室後才用電話採訪呢？

不過，這世界就是這樣，把認真露在外面給人看的人，發展好一點。

很多年前，還在跑新聞的年輕歲月，有一次在記者會現場提了尖銳問題，被採訪對象當眾輕慢。我其實不覺太受傷，回程只是聳聳肩，畢竟，被羞辱也好像是這種工作的一部分。

回到辦公室，電話響起，是剛剛那位說話不客氣的採訪對象打來的。

「對不起！我不知道你就是ＸＸＸ，你看起來實在太小，我以為是哪個實習記者，所以才對你不客氣，如果我早知道你就是那赫赫有名的大牌，絕對不會那樣說話！」

對方頻頻道歉。其實，我原本不生氣，但他的道歉，讓我真的生氣了。

「所以，大牌不能侮辱，但如果是個實習記者，侮辱人的話你就覺得沒有關係？」

他一下子答不上話，只是乾笑。

同事

我們這群女生剛出社會時，媒體景況還在末世繁榮，我們嘰嘰喳喳地進入了這個社會，當社會前鋒文藝尖兵的媒體工作者，同事吉修約大我們十歲以上，已經是有點經驗，人生正在積極物色求偶配對，想走入婚姻的年紀。吉修喜歡和我們這群女生混，也沒女生真的把他當前輩看待，其實還是因為吉修雖然年紀比較大，但並不是什麼真正的官，說文人也不是真正文人，是個扎實的編輯。他個子矮小，膚色偏黑，五官往臉部中間集中，嘴唇嘟嘟，喜歡像媒體內常見的大咖文人那樣，闊談自己的淵博知識與文化圈小道。而且他求愛求偶的渴望，總在我們這群女生身上來回迸發。我猜想不只是吉修，其實我們當時眼中所謂的大咖文人，本質上也是這樣的，只是當時年輕的我們不懂。

吉修先是追求眼睛細細瞇瞇的丸子頭，丸子頭不理他，十分嫌惡。吉修又追求另一充滿藝術氣息，穿搭很有藝術感的飽滿額頭女生，人家淺淺笑笑，幫吉修挑挑衣服用品，笑說願幫助吉修提升品味好追女生，她身邊早有設計家男友。他又追一位眼鼻大器，端莊穩重，其實性子古怪好奇的高材生。他對我說，常送女生禮物，但對方反應普普。我問他，都送這些女孩什麼禮物。他說，送書。

我恍然大悟，吉修非常節儉，因擔任媒體編輯關係，當年適逢出版業正盛，媒體還很大，常有出版社大方贈書。他便把自己收到的大量書冊，當成禮物，放在帆布書包，這自然也是出版社的贈品，一包一包送給女孩。我問他，你送贈書追女生有什麼用，偏偏你喜歡的女生都是個個頭上長角，文青高學歷，看的書還少嗎？你個性強烈，溫順平凡的女生又看不上，你這些不花錢的書一直送一直送，哪會有女生理你？吉修問我，那要送什麼？我說，追女生，送小飾品，小東西，窩心的漂亮的。

他說，那些很花錢吧。我沒吭聲。

吉修於是送那個大器女生各種保養品，那女生笑笑地，來一瓶收一瓶，來一組收一組，那保養品之昂貴，讓我咋舌。吉修送那女生小首飾，來項鍊收項鍊，來手環收手環。吉修一直打電話給女生，手機不通便打家裡，女生也不接，上班時間他問女生怎麼沒接電話，女生說在樓上媽媽家，沒有子母分機，不知來電。吉修次日便送了子母分機的電話，女生收下了。

我有點忐忑，問那女生，如果對吉修沒意思，也許不要他的禮照單全收，讓他誤會自己有希望。女生說，她從沒答應和他約會，不和他單獨見面，應該意思很清楚，至於禮物，他要一直送，自己為什麼不能收。

吉修比我們年長，又這麼省，終於在板橋買了房子，買的是和他母親同一社區新大樓，換句話說在原住家社區增買一戶，搬出作為獨立也為成家做準備。吉修應覺得在條件上進了一階，十分高興，邀大家去他家慶祝入遷。大家覺得有點為難，因為當時捷運尚未通車，去板橋很遠，而且那是個不分晝夜工作的媒體工作者難得的週日休假。但是大家還是勉強去了，畢竟那是喬遷之喜。眼前所見，吉修請的人，就是我們這群比他小十歲的同公司女生，唯一的男客是一位缺牙、比他年紀大又黑的翻譯工作者，言語倒是誠懇討喜。吉修的媽媽在我們到之前就備好了午餐，是火鍋，打掃好兒子的房子，我們到時已經不見蹤影。大家有點尷尬地吃了飯，很快就散了。

之後，吉修總要我們去他家火鍋聚會，約很多次只會成一次，去的人愈來愈少。有一次他又約，看他那樣子，我覺得不忍，便說好。去到他家，照例是經濟大方的火鍋，來的只有三四人，都是女生，我看這景況已經好幾次。

我忍不住氣，問吉修，你請客開趴，就是希望招待朋友歡歡喜喜，為什麼約的都是年輕女生，一個男生也沒，這是開趴嗎？大家開心嗎？連上次那個人很好的缺牙翻譯家，算是你人生少數的男性朋友吧，你也不肯再請，你做人不能這樣，女生也不會喜歡這樣的。

吉修嘟著嘴，瞇著色眼不答話，只笑。我怒極了，重複剛剛的話，再說一次。他說，我賺的錢，我買的房子，我買的食物，為什麼要花一毛錢在男生身上？後來他怎麼約，我都不肯去了。

跨年夜他在午夜十二點，狂打七八通電話，我不接。他竟換了個其他號碼手機，我沒料到這招，便接了。他好像沒事一樣，從那頭說，祝可愛的你新年快樂。

職場小事

我離開職場生活已經很多年，那段好長的年歲在我人生與心靈上留下很重大的印記，那是一個年輕人認識社會與人性的主要途徑，是一個人因此成長的街頭震撼教育。但我這陣子常想起來的，其實都不是職場大事，而是那段時間的小事，說小也不是什麼微不足道的意思，而是沒是沒非，但你也沒忘記的那種事情。

自己擔任過基層，和同事在背後罵主管，所以當了主管，我非常知道主管被員工罵是天經地義的事，從不奢望人家在背後不罵我。我覺得罵主管對員工的身心是好的，覺得被罵也是我工作的一部分，所以我從不好奇，只在意每個人的工作表現。

有一天手機收到了訊息，是一個群組對話的截圖，裡面是我的組員罵我的內容。本來就給我臉色看的那人罵得很難聽，另一人附和了幾句，而平常總是對我溫暖恭敬、噓寒問暖的貼心小女生，則令人意外地在群組中大罵我。

傳給我這截圖訊息的，自然也是我的組員之一，也是這罵主管群組的成員之一。我不知該如何回應，不知道這人是想傳給我要我提防，或想傳達大家的不滿希望我改善管理，還是，這根本是誤傳，她也許想傳給別人八卦一下，卻誤傳給我了。所以我什麼也沒做，沒回應，當作沒這回事，那人也沒後續的訊息。

日後見面我無感且不動聲色。幾天之後就忘了這事，想想那訊息實在什麼變化也沒帶來，給我臉色看的孩子繼續給我臉色看，貼心奉承的繼續貼心奉承。我只是這即將沉默的媒體產業的一個小齒輪，拚命想要做點自己相信的什麼，儘管這世界一點也不需要我所做的，而我快沒時間了。

不過多年後，我偶爾會想起那截圖，覺得有趣。

在那之前，我曾經短暫在一個雜誌社工作一年，輾轉到了某一生活時尚相關的小組，裡面的組員有個我在前公司曾同事過的年輕女孩，我記得我們算是友善，她離職的時候還寫了卡片給我。

我初到那單位，那久違的女孩對我也非常友善，一週之後突然態度大變，冷淡苛薄極盡找麻煩之事，並發動原有成員對我排擠霸凌。我難過也不明所以，人生地不熟卻飽受刁難，那單位的上司看這一切卻好整以暇。我安慰自己，我是見過職場風浪的人，這種事不是首次經歷，不要太糾結，說不定這正是上天反覆給的功課，雖然心裡也會盼望，人類社會要是沒這些事該多好。

就這樣被排擠了一年多，我找到了其他工作，比較有可能實現我想發揮的想法，便提辭呈。那單位的人排擠我久了，知道我要離職，出現一種奇特的沉默。有天那領頭排擠我的女生，竟然站在我桌前，說要跟我一起吃頓飯。

我看著她，微笑，點點頭。

在外面的餐廳，義大利燉飯剛上，女孩說她知道過去這一年她對我做了很不好的事，她覺得很抱歉，那是因為她發現我的職位薪水都在她之上，而不管過去在業界我是不是比較資深，這公司她可比我早來的，若我的薪水職稱比她高，她的努力又算什麼！她說她嚥不下這口氣，所以就對我做了糟糕的事。

我點點頭，說知道了。

我想，反正我要離開了。對這一切，我仍決定保持沉默。

吃完那道歉飯回到公司一兩天後，那單位招搖無能的小主管突然跑來跟我說，聽說某某某找你吃飯還跟你道歉啊，你現在要去那公司根本沒前途啊，真的不打算改變心意嗎？那女孩真是了不起，心裡壓著不滿這麼久了，還能鼓起勇氣向你道歉，你說她是不是真的很棒很了不起，真是很棒的女孩對吧。

我看著那三八阿花，笑了。

嗯嗯，我這麼回應。

點播歌曲

在地球上社群媒體及通訊軟體尚未興起的時代，人們喜歡打電話進電台點播歌曲，還要主持人轉述這首歌獻給某某某，那是我懷念的或我喜歡的人。我念中學的時候，社團的學長流行熬夜打電話進ＩＣＲＴ的午夜節目點播歌曲向女生表白。不過，電話總是很難打通，於是，好幾個哥兒們晚上不睡覺，義氣陪熬夜陪打電話，還有好幾人在家裡一起打，增加成功率，打通了就幫主角點歌表白，還要錄音作為紀錄。

有次進社團辦公室瞎混，聽到一陣狂呼喧鬧，我湊過去看熱鬧，原來是表白儀式要開始了，一位學長要向喜歡的學姊表白，大家在旁邊助陣圍觀！學長熬了好幾個晚上，終於昨天晚上成功打通ＩＣＲＴ的點播電話，成功點播了一首歌獻給心愛的學姊，學長的鐵哥兒們也完整錄下學長與主持人的對話，學長在廣播中對學姊的示愛言語，以及那首點播歌曲。

次日在社團成員的歡呼之中，學長拿著花束及那卷錄音，正要獻給學姊，並公開播放錄下的廣播告白與那首歌曲。學姊喜極而泣，收下錄音與花束，牽起學長的手。這對剛誕生的情侶笑得甜甜蜜蜜，我們圍在旁邊鼓譟，歡聲雷動。不過，學長點的究竟是哪首歌，我現在一點也想不起來。我只記得學長瘦瘦白白，眼睛瞇瞇，戴著眼鏡，總是笑嘻嘻。而他喜歡的學姊則是壯壯的，皮膚黝黑，頭髮剪得很短，硬質帶捲，眼睛如黑人一般大，有很長的睫毛。

後來還有好幾次這種告白儀式，其中之一是與我同屆的社團同學向同社女生表白。大家同樣大鬧一番，慶祝新情侶的誕生。多年以後我得知，當時告白的學長和學姊升上大學之後就分開了，而與我同屆的小情侶，兩人後來考試考得一團糟，在家長反對中私奔逃家，幾經挫折，終於結婚，沒有分開，現在養育了三個孩子。

不太去社團以後，有天我晚起遲到，但第一堂課要考試，我沒命地招計程車狂奔到學校。終於在鐘響前一刻跑進教室，全班卻響起一陣笑聲。我不解地張望，不知道大家為什麼笑，是因為我狂奔的樣子太滑稽了嗎？很快地老師走進教室發考卷，大家便安靜了。

兩節課過後，旁邊同學才問我：「昨晚有沒有聽ＩＣＲＴ？」我搖搖頭說沒，平時很少聽廣播，而且很早就昏睡。他說，喔，剛剛大家笑是因為很多人聽到昨天午夜有人打電話進電台點播了瑪丹娜的〈True Blue〉給你，說他喜歡你，而你喜歡瑪丹娜。

我吞了口水，不能置信，花了一點時間考慮這位同學故意愚弄我的可能性。我故作不在意地說，所以，是誰打這通點播電話呢？

同學說，那人沒講他是誰。

「可是，」我真正好奇的是：「我們班上真有這麼多人晚上不睡覺，還剛好都在聽這廣播嗎？」

同學說：「不知道哪，就剛好，考試大家都晚睡……」

我覺得不可思議，沒想到真的有很多人熬夜聽廣播。另一個小旁白是，我其實對瑪丹娜還好，真喜歡我怎麼不搞清楚，也可以點別的。那是個廣播有很多人聽的時代哪，最近常想起這件事。

幾年後我進了大學，某個週日下午，我照例在家昏睡，家人喊我接電話，我昏昏沉沉地拿起話筒。

男聲從那頭傳來：「你又在睡嗎？」

「嗯……」我口齒不清，但心是歡喜的，因為我喜歡他。

「我打電話沒什麼事，只是聽到一首歌，想跟你分享。」

「哦……」

那頭傳來史提夫．汪達的歌〈I Just Called To Say I Love You〉。

音樂結束後他開口：「你可以繼續睡了。」

「好。」我微笑著掛上了電話。

植物園

那時候的國立歷史博物館十分老舊，年幼的我隨著老師同學一起去看畢卡索畫展（如果我沒記錯），但我一點也沒受到牆上大師作品吸引，一個人避著看展人群躲到牆邊，非常寂寞。沒想到往外一看，心臟突然受到震動，眼睛定定望著，啊那真是超出我小小心臟所經歷的美麗畫面。

從上往下看，下面有一整片柔柔軟軟的黃綠色草坪，那草坪好奇妙，質感和別地方的草坪不同，也與周圍植物濃密昂然的顏色密度不同；那草坪像是要把你吸入地招喚，一整片蔓延開來，細細密密柔柔綿綿，如豌豆黃一樣的純嫩，好像就要化成液體的整片黃綠，也像絨絨的夢之毯。

我在樓上看著，覺得身體與手指幾乎可以感受到那片草坪的滑綿觸感，一定如鮮奶油般，我目不轉睛，好滿好眩惑，覺得要是我往下跳，那彷彿具備神奇魔法的黃綠毯子會將我吸住包覆，然後舒展。

過了許多年後，我才知道那地方是植物園。

我奮力和人們解釋我幼年看過那幻境一樣的細柔草坪，但人們都說植物園從來不曾出現過我形容的草坪哪。我跑去看，發現那位置根本不是草坪，是荷花池。

你小時候出現幻覺嗎？在博物館工作的朋友說，不管是初夏花葉的挺立美豔，或是秋冬的枯殘枝葉，有植物園以來那裡始終是荷花池而不是草坪哪。

我納悶不已：當時看到的究竟是什麼？

又過了好多年，有次我又忍不住問了博物館的朋友關於我年幼時候看到的景象。那位朋友很快理解，她說，我當年看到的不是幻覺，是浮萍，浮萍布滿整個池塘，像黃綠色的毯子。

她說，那是荷花池健康出了問題，因為缺氧，荷花與其他水生植物都長不出來，很可能是人們太常偷跑去荷花池放生導致，所以只生得出浮萍，出現了我見到的那個細細碎碎浮萍布滿池，密得連一點池水都看不到的畫面。出現這個狀況，植物園專家就會開始整治，去除浮萍，水下土壤也要翻整，讓荷花池恢復乾淨，荷花才會順利生長。

但我因為那個幻境好像從此愛上了植物園，在植物園的歐亞非各區植物中行走，松鼠有時從你面前晃過，或者進入史博館，從樓上看荷花池，我可以一個人耗上很久時間，覺得沉靜歡喜。

我讀的中學在廣州街，上學時下了公車必須行走穿過整個植物園才能到達學校。有一次我睡眠不足懵懵提著餐盒袋上學，一隻狗緊跟著我嗅著嗅著，我嚇到了。我跺腳，定住不動，故意往回走繞圈圈，反正試了各種方式，那狗還是緊跟著。後來想想，他跟的不是我，是我的餐盒，我更慌了，想到要和狗兒搶飯讓我害怕。我愈走愈不安，小跑步起來，那狗竟也跟著我跑步。壓力很大的我終於跑進了校門，奇怪那狗兒跟著我走了整個植物園，卻在校門口停住，我一直回頭望，牠竟然走了。

不只植物園，我也與植物園附近的老社區有緣，不時去那邊走動晃蕩。出了植物園，從南海路散步到牯嶺街、南昌路、寧波西街，老豆漿店、餛飩店、舊舊的襪子店、診所、五金行，還有南門市場。我生怕這附近成了時髦的文創園區，那就可恨了。

植物園對面的建中也留下了一點點我的痕跡。

我常常脫線忘了帶鑰匙出門，讀大學好幾次碰到沒課想回家睡覺，卻發現忘了帶鑰匙。有次拖了同學陪我一起坐公車到建中，想向上課中的弟弟拿鑰匙。我同學問我，知道弟弟讀哪一班嗎？要不然在那和尚學校那麼多男生怎麼找得到弟弟。我說不知道弟弟讀哪班，但我有法子找到人。

校門口的伯伯被我誠懇的表情打動，放我進建中。

我和同學順著建中的教室走廊，一樓一樓地慢慢走，東張西望，務必讓每個人都看到。我想，建中都是男生，突然出現兩個長髮姊姊走動，一定很引人注目，我弟必然會看到。

事情正如我想的那樣發生，有人驚訝向外看，有人從對面的大樓叫囂。我弟弟從教室衝出來，問我：「你怎麼會在這裡？」

「鑰匙，」我說：「我想回家但沒帶……」

我弟弟轉身進教室又衝了出來：「好了，李小姐，快走，你快走吧！」

後面的那個什麼

想起來那幾乎是青春時的事了，有次晚上朋友開車載我回家，因為有點累彼此沒說話，車程上一直沉默。他開著收音機，我們各自發呆，收音機傳來大量的音樂，我其實一點都沒聽進去，只是連背景都稱不上的無意義流過。

然後我聽到那首歌，老的錄音，是日文，是上了年紀的聲音，帶著滄桑卻華美節制的聲音，我立刻被抓住了，幾乎立刻淚流滿面，無法自制。那根本不是那個年紀的我會喜歡的音樂形式，但我一下子就被什麼東西強烈打到了。是音樂，是這女人這樣唱，其實也都不是，是這些東西總合起來，背後還有什麼，很美的，也不能說是美，是比美更多的神祕的東西讓我淚流不止。

我是完完全全不識日文的人，在九〇年代日本流行文化風靡全球的時候，我也從來不曾成為日劇迷或哈日族。然而那個日本女人的聲音，在狂潮已經過去後，在某個意外偶然，猛烈而溫柔地襲擊了我。我根本不知道唱歌的女人是誰，不知道那首歌是什麼，她唱的內容是什麼，我一個字都聽不懂。即便我的腦子完全不懂，我的裡面的重要的東西卻被動搖了。

許多許多年之後，那次經驗始終是我在理解各種形式的創作，遇到與人有理說不清的憤恨，或是反省自己時，重要的一次神諭之夜。

技巧不好，是唱不出準確的音程或寫不出字或畫不出東西來的，技藝上的功夫沒有，根本無法經由創作來傳達感情或對世界的理解。技藝上的鍛鍊是基本的，是必須自我要求的，喜歡說練功好像成為文青的時髦語了，但是通過這層層練功之人，這世上努力之人，聰明之人，技藝超凡之人，學識淵博之人，不知有多少。但是，在那背後，其實還有一個神祕的什麼，你說不出來的什麼，莫名其妙的什麼，讓你與它相遇時，根本忘記了所謂繁複的套路、高難度的技巧、典故的挪用對照、巧妙的調度等所謂「行內人」喜歡掛在口中之語。

你只是心一下子被打中了，只能愣愣掉下淚。就是那個了。

可以練也可以不練，看起來沒練，卻全練了，也根本練不來的。非常脆弱美麗的敏感的，跟宇宙接通的龐大神祕。也許是神萬中選一。

寫文章寫小說，要下功夫，是真的，不努力不行的，但所謂努力究竟是哪一種努力呢？我常看到學院學生與受歡迎的文人討論，談技巧與用功，論研究與比較強調多種形式的練習等等，我看到那樣對文學藝術的憧憬，那樣熱血，我有點感動也非常想轉身逃開。因為我知道，後面還有一個很大很可怕的奧妙空間，明明是文章，可是會狠狠地攫住你的心重擊你靈魂讓你瞬間掉淚的，是那後面的什麼。很乾淨也很複雜，是用字寫出來的，但那東西和文字沒有關係。

因為一直很白癡，對日本音樂一竅不通，我幾次硬哼著給人聽，才發現那是美空雲雀人生最後一首曲子〈川流不息〉，一九八九年一月她五十二歲時發行，那年六月她就過世了。我也才發現，這首曲子非常有名，曾被票選為日本最偉大的歌曲，也才知道美空雲雀那早早出道、與黑道糾纏、受家人折磨的一生。也才知道，她唱的是「這蜿蜒崎嶇的道路，連地圖上也沒有，不就像人生嗎？路上若有心愛之人相陪，我總相信還有晴天」，「啊，如川流一般，等候季節移轉，積雪消融」。

也許不知道好，在那個夜晚，我一點也不知道這些故事，卻被撼動得至今難忘。許多年後我對文人對藝術倒盡胃口，只在偶爾想起那個經驗時，會拉住自己的咒怨，會承認如果真有他媽的一點什麼，應該是那個。

瑜伽教室的禮貌

練習瑜伽和練習舞蹈對我來説有不同的意義。因為對藝術或美感的嚮往，心態上執著，學舞蹈比較用功，得失心也重，不但對上課的練習很在意，回家也總上網找影片找書來學習，想要靠近那美感的理想近一點。只是，身體條件不好，侷限就是在那裡，起步又晚，挫折感讓人難受，覺得自己怎麼跳都跳不出那理想的舞姿，傷心懊悔，又努力發憤，對喜歡的老師念念不忘，對敷衍不專業的老師厭惡不已。但上瑜伽課就沒這種得失心了，因為沒有把它當藝術的執著心，只是出自鍛鍊身體的單純心情上課，沒什麼要追求的期待，因此就對自己這種糞土之牆的身體條件，不那麼感到沮喪。

因為沒有得失心，很多動作做不到便不會沮喪，做不到就做不到，做得成的動作就順順地做，就當作花點時間和身體相處，過了一陣子，有時候有種和身體玩遊戲的心情。沒想到，因為無可無不可，舞蹈課因為挫折感與心理因素停了，瑜伽課還慢慢地上著，竟然還有點進步，竟比我念茲在茲的舞蹈課持續得久。

一位瑜伽老師說：「有一種學生沒什麼想法地上課，來了就練，練不到也不棄不煩，只是練習，結果，正因為沒什麼想法，就練下來也練得好。」我好像剛好就是這種學生。

我還想起人生的其他許多事情，是不是也就是這樣呢？戰戰兢兢患得患失的人際關係，搞得自己疲累不堪，沒多花心思的朋友反而順順地走了下來；告訴自己要寫很重要的文章，結果寫得硬澀尷尬，沒想太多就開筆的那幾篇，倒是寫超出了自己的期待。就好像我的舞蹈課和瑜伽課。

但出自天性，就算上瑜伽課我也覺得是觀察人的好地方，不同的老師脾性不同，說話節奏與教學方式不同，就連許多基本動作的體會理解也不太一樣。上多了課，就算自己不厲害，也可以知道誰是細膩熱情而有經驗的老師，誰是剛硬考教師執照其實仍然生嫩卻逞強的人。特別是瑜伽這東西，不只是身體的練習，它還同時動用到心靈、意志，內省與靜心，因人而異真是鮮明。

有的老師充滿熱情且充滿真誠的溝通意願，有的老師仙女一般，只活在自己的世界裡，有一次一位仙女老師逐漸出現了急躁與恨意，我便默默知道，一個女人突然從仙女成厲鬼，她愛情上受挫了。更好玩的，也遇過老師明明上陰瑜伽，緩慢呼吸靜坐與伸展的那種，她卻止不住滔滔絮絮的聲調急促地重複「愛自己」、「給自己機會」、「要放下」之類的心靈雞湯言語，你便知道，這教室裡頭只怕每個學生都比老師愛自己也放得下，我心裡知道，這位老師有躁鬱的傾向，那些話全是說給自己聽的。也遇過喜歡炫耀的男老師，一直強調自己比其他「那些苗條的女老師」厲害，次數太多了，也就知道此人性別與自我認同的路還很長。

有一點事，關於禮貌的，我耿耿於懷。同學們在教室中行走，我認為怎樣都不該踏到別的同學已經使用或即將使用的瑜伽墊，瑜伽墊是每個同學暫時的個人空間，在那一至二小時內，那是每人的空間，將在那之中靜心或學習。你去圖書館用的位子，也就是那段時間你的個人小空間，不會希望別人來碰碰撞撞或放點東西吧。

另外，一般上課時大家都會把小毛巾放墊子旁，但有些同學把手機、水杯、外套、小提袋堆在瑜伽墊之間的走道上，那也真失禮，東西多若怎樣也不願放置物櫃，也應該放到教室靠牆的角落才好。也有些同學上課一半拿起手機回簡訊或接電話，可真是瑜伽教室的討厭鬼了。

舞蹈課

今天是我上舞蹈課以來第一次生氣哪，不知道是不是標誌性的日子。學習國標舞這種雙人舞，和舞伴嘔氣吵架或是指責對方，是很平常的事，我想我之所以學雙人舞卻從來不曾跟人發脾氣，說不定是因為我根本從來沒有過真正固定的舞伴，所以每次上團體班，有人看我落單，好心地來跟我搭配練習，我都很感謝。因為不是真正的舞伴，對方拍子是不是準確，舞步是不是正確，或者施力是不是穩定，我都不是太在意。就連偶爾地說我兩句，「指正」我，我也都會靜靜笑笑地聽，因為有時候我真是跳得不好，有時候真是我出錯，有時候只是對方好為人師，但多數都在可以接受的範圍內。

底層我可能是覺得，並不是我的伴，人家是好心和我跳舞，我怎樣都應該回報善意。開開心心，該有多好，不要強求。

跳舞課哪，就算不是想當職業選手，也可以好好地認真地帶著快樂的心情練習。

團體班有很多種，有年輕人多的，有學校社團學生為主的，還有跳了很多年的叔叔阿姨為核心發展出來的，後來也帶了少數年輕的人來。我其實很喜歡看著班上的叔叔阿姨，他們熱愛舞蹈，背脊挺直，搔首弄姿，晶晶亮亮，像是毛色鮮亮的動物，看這種渾身充滿活力的模樣，真是羨慕，好希望我以後也是這樣。當然也會看到許多舞伴之間的相處，宛如情侶或夫妻的相處，常常跳不好就反射性地指責對方錯。我觀察，女人喜歡罵男伴出錯，而男生總是喜歡「指導」女生、喜歡「教導」女生，似乎是司空見慣的事。雙人合作果真如同所有以兩人為單位的社會單位，充滿了類似的權力拉扯，更可怕的，性別政治。

想想我真是一個好笑的人，喜歡跳拉丁舞，卻因為沒有舞伴，正可以躲避掉這種兩人的權力拉扯，儘管哀嘆自己沒舞伴，其實又有點慶幸自己不會落入這種互相指責的狀態，也不用聽根本跳得亂七八糟的男人自以為優越地數落女伴跳不好。好像戀愛，我有時候也會和朋友撒嬌說「啊沒戀愛好久了」，但想到要隨他人的情緒起伏，影響自己的情緒，覺得好可怕好可怕好可怕。反而因為不在兩人搭檔關係內，有人突然跑來找我跳，我都開開心心，覺得是額外的，是別人對我的溫暖與善意。

不過，今天我終於破天荒地生氣了。班上有個新來的男生，跳不到半年，雖然跳得很菜，不得其法卻很認真。以前拉著手跳過一兩次，真是不太能一起跳。因為我也不是什麼太厲害的舞者，不太可能被人扯來扯去而充分好好學習，就躲開了，雖然對這男生很不好意思。後來班上來了幾個年輕小女生，這男生便和小女生搭，我看了也很高興，樂得自己一個人練習，繼續等待別人的善意施捨給我帶我跳舞練習。

今天小女生沒來，我遠遠地看見那男生一人練習，自己也躲得很遠地一人練習，幾個同學好心地說你要不要和那落單的男生一起跳，我笑了笑輕輕搖頭（稍微有種親戚安排落單晚輩相親的熱情？）。不過，音樂放著，我練到一半，男生出現在我面前，對我伸出手，我只好牽起來接著跳下去，要不然我就太過分了。更何況，今天一起練習一點點沒關係，只要不被當成固定伴侶就好了。

男生雖然很認真，但是可能還是不熟練。扯來扯去，拉來推去，舞步忘記，這些都完全沒有關係！真的，我不是那種會因為人家跳得不好就看不起人的傢伙。誰都是從零蛋變成菜鳥，又逐漸練習進步的。因此我被拉扯推得重心不穩，被他數得不準的拍子干擾，自己也跳得凌亂了。這些，也都不打緊，我告訴自己，如果我練得再好一點，就算對方很弱我也不會被干擾才行。

但是，有件事情觸怒了我！嚴重地惹惱了我。

跳得不好沒關係，差點把我推倒也沒關係，但是逮到機會他竟然「教導」我——你跳錯了你太快了這裡你不應該這麼快放腳——就XXX的真的讓我生氣了。

渾蛋的異性戀男人會有的渾蛋習性：習慣性地數落或貶抑或是指導女人，以滿足自己的優越感，真真是一點也不假，就連一個菜鳥也反射動作式地逮到空檔看你舞步抖了一下，喜孜孜地覺得終於逮到機會講你兩句也好。

你能想像男人那種喜形於色的表情嗎？嘿我抓到你了你也跳錯了，然後開口就要指導你。

我真的輪不到你來指正哪，XXXXXXXX的！

這世界上我最討厭的就是這種嘴臉，不管我怎樣忍耐，我就是討厭異性戀男人那種習慣性對女人的「哎呀你不懂吧我教你……」好說道理好為人師的模樣。就連一個根本不認識的蠢蛋，也反射性地要教我。

我又突然想到，難怪我維繫不了什麼關係，如果討厭這種嘴臉，怎麼可能會在這種婚姻制度伴侶文化中，被男人覺得可愛而寵愛呢。

這不是重點，重點是我臭著臉不願正眼看那男生還能繼續跳舞（很難見到我臭臉跳舞，因為我每次上課都笑嘻嘻的很快樂），老師要大家繼續練習，我臉更臭地練習第二第三次。忍著那男生看著我已經十分臭臉他還是情不自禁冒出「你跳太快了」，「two three four, two three four……」數拍子指導我，我實在生氣，我沒嫌你你還敢囉嗦我，卻又只能臉臭，說不出話，反正不是我的舞伴，忍一忍就應該過去了。

可是我做了自己也沒想到的事。

練習結束大家打算換鞋子衣服時，我猛地走到男人面前，直直盯著他。我把他拉近我胸前，彷彿我是雙人舞中的男性，而他是女人——這不難，因為我比這男人高一個頭，大家可以自行想像那個畫面。

我伸出右手把他的左手牽起來，前後來回移動，維持固定的力道，盯著他的眼睛說：「穩定穩定穩定，男人拉著舞伴的手一定要穩定，不要晃來晃去（我抖了一下讓他感受力道不穩抖來抖去的手感）。」接著我左手環抱住他，因為我高，左手很自然像男人抱女人那樣，手掌平平貼放在他的後背，又死死地盯著他繼續說：「這裡這裡這裡，這裡是你的手應該放在女生身上的位置，不是這裡（我把手移到他的肩膀），也不是這裡（我又把手移到他的上臂反方向抓著），也不是這裡（我扭住他的前臂）。」

我把他拉近我，右手握住他手，左手像男人那樣捧住他的背，下巴靠近他的額，站得很挺直（這傢伙一定不知道我平時有練身體的習慣，一看就知道他的身體沒有中軸）：「這樣，穩定，知道嗎？」

講完我甩開他，扭頭就走。

離開教室後我還是很生氣，也很氣自己沒有對男生罵X，也慶幸自己沒有對那男生真的罵X，所以，我可憐的朋友在通訊群組裡頭被我罵了X。

熊和貓

有個朋友一生氣就上床睡覺，用棉被把自己胖胖大大的身體裹起來，側身面朝牆壁，一語不發，然後睡著。我覺得好奇，問他，為什麼生氣就上床睡覺，生氣的時候，心裡頭煩躁極了，怎麼睡得著？

他說，生氣就是要上床睡覺。他的爺爺生氣就上床睡覺，所以他生氣也上床睡覺。多年下來一直如此。

啊我真是不懂，這個畫面一直在我心裡。後來有個機會我遇見一位心理醫師，這位醫師說這是合理的，醫生說，就像熊要冬眠一樣，眼下的天候狀況環境不好，於是進入冬眠，儲備體力，睡一陣子有力氣迎接比較適合自己的環境。我的朋友很可能是這樣的反應，眼下令他難以忍受不知如何是好，便先睡去，儲備能量，醒來之後一切就不同了。

經過多年的好奇後，我好像得到了一點解答，雖然半信半疑，但好像說得通。人的反應和動物本能，很多時候是相連的，這點讓我很感動。

我爸爸搭我家電梯有一個習慣，出電梯門時一定順手按下一樓，讓電梯回到最開始的狀態，他不會讓電梯停在五樓或六樓，一定會讓電梯往下回一樓。他心裡的想法是什麼呢？希望搭過電梯的痕跡並不存在，好像自己剛剛並沒搭過一樣，或者，只是他人生隨時都將所有事物整理在最明確乾淨狀態的習慣之一。

我想起貓在原始的競爭環境中，一定會隨時注意好好掩埋自己的排泄物與身體氣味，因為一旦洩漏了自己的氣味，就是洩漏自己的行蹤，很容易引起殺身之禍，這可不是開玩笑或愛乾淨，這是生死攸關，是動物天性本能。貓咪被人馴養之後，仍然維持著仔細掩埋自己排泄物的習慣。

我不免想著，我爸爸的習慣是這樣嗎？他一直是行事律己嚴格的人，內斂不多話，東西不亂丟，衣著工整，所有的用品乾乾淨淨排列整齊有序，從不入侵他人的界線，也不允許他人侵入自己的界線內。彷彿不想留下太多痕跡一樣地乾淨，彷彿不想讓人知道自己出現過乃至存在過一樣，一點點也不想引起他人的注意。

我一直覺得有意思，我爸爸老是出了電梯又把電梯按回一樓的習慣。不知不覺地，我後來也養成了這種習慣。我以為這就我家的事情，沒人知道，後來發現，事情沒這麼簡單，貓掩埋自己氣味的動物本能真的有道理的，不想讓人知道自己的行徑痕跡也是有道理的，在二十一世紀的人類社會亦是。

我家三樓有位大嬸，其實不是壞人，在急公好義與關心周遭人士的範圍內，但多了一點點，一點點大嬸肯定會有的煩人。找里長討論公共管線重新設計是好事，檢查鄰居是否隨手處理好垃圾也是非常好的，和女兒站在門口和人聊房價也是可愛的，但是，她可能太過關心鄰居，所以不知道為什麼，大嬸發現了我爸爸搭電梯一定會隨手按回一樓的習慣。

但她是怎麼發現的呢？我覺得很奇怪。平時大家不都在自己的家裡，誰會一直關心電梯起降呢？誰會不時開門注意電梯呢？難道去調閱管理委員會的電腦紀錄器嗎？

總之這位大嬸就是發現了。發現了其實又干她什麼事呢？

有天我出門與大嬸巧遇，大嬸板起臉孔不悅地訓我：「你爸爸每次搭電梯回家，總是又把電梯按回一樓，不知道這樣浪費電費嗎？」

我猜想大嬸一定沒有想過我的遺傳基因吧，我一秒也沒多花就回：「所以大嬸你平常都沒有物歸原處的習慣喔？」

大嬸一時氣結，說不出話，惡狠狠瞪我。

經我轉述，我爸倒是少見地笑了。

緣分

她打電話來的時候，我一定在洗澡或者上廁所，我也訝異她的命中率怎麼這麼高，而她沒耐性，若這通電話沒接到她就一直打一直打，那鈴聲有時候聽得我在浴室內都來氣。後來真是百試不爽，不只在澡間的時候，只要我專注工作或是想要孤獨整理自己情感思緒的時候，只要不合時宜電話鈴煩躁地響起，看看手機顯示，一定是她。

但她哪有什麼錯？她做的只是拿起手機打我的號碼，她怎麼知道我在這頭做些什麼。

想想我都覺得好笑，這就是所謂

的緣分天注定嗎？這些年來我和這位朋友想親也親不起來，怎麼努力都覺得有點勉強。我想到人家說緣分是命中注定，這話也許是真的，天底下怎麼真的會有人總是可以在你不方便的時候打電話過來。這種緣分也稱不上惡緣，但感受上絕對不會是好緣分。老是讓自己覺得被干擾的緣分，那種總在不方便不適當的時候找你的人，那種讓你覺得不便卻理智上知道不該決斷，那種總是激起你無奈不耐卻知道錯不在誰的緣分。

相較於這種緣分，有的緣分就是巧，討喜許多，有些人就是會在你想到彼此時突然接到他的簡訊，在你覺得此時若是可以和誰說說無聊傻話也很好的時候打電話來的人。或者，在你需要幫助的時候，不經意給了你線索的人。這可能就是好緣分，像是在你需要的時候老天派來的小小喜事。

所謂貴人與小人，有時候和對方的意圖也許沒有關係，對方只是這麼地找來了，你覺得找來的人正是時候正是討喜，那像貴人；你覺得對方怎麼一出現就不是時候讓你覺得毛病，心中便悄悄地把貴人旁邊的小人位子移去讓他坐了。

談戀愛的時候多半會覺得對方是貴人，因為喜歡的關係，很容易在想念彼此的時候突然接到訊息，出了門發現對方等在樓下，心裡困惑的時候對方的一句話讓你覺得被理解，或者可以用不同的視角看問題，於是可以把千斤萬斤重的擔子都放下。但也有非常少數奇妙的戀愛的緣分，明明是喜歡得要命的人，約了見面他就會接到公司加班必須趕回去的指令，一起去吃的新餐廳一定貴又難吃，一起去看的電影總是令人失望。久了心裡便蓋上了層薄薄的遺憾，和對方有關的事情總是無法激起興奮愉悅之情，雖然也知道不是誰的問題，就是這麼巧地，什麼事情都令人不悅，無法令人期待，再撐久一點，甚至會出現不祥的聯想，那層薄薄的遺憾終究會成為疲憊或厭倦。

也許是這樣，有時候我覺得要努力，要好好地表達彼此的心意，不論是朋友或戀人或家人，讓對方適切明白自己的心，不要留有遺憾，只要是誠懇的，彼此都會理解的。但有更多時候，我又覺得一切都注定了，誰讓誰感到恩義綿綿，誰見著誰就無名火起，好像有更高的力量操縱似的。

年輕的時候，我覺得努力就可以改變，對喜歡的人只要再付出多點，這次人家接收不到，下次也會明白的。年紀再大些，我蒼涼地覺得凡人際之間的所有關係，努力這東西一點用處也沒有。

現在我覺得，改變不了緣分，也要努力，起碼表達了自己的友善，讓對方知道自己的心意與動機是善意的，之後的相處不適，乃至於分別離散，便可以真正聽天由命。起碼，回想起來，知道不是意圖的問題，只是被捉弄了，真真只是緣分而已。

還是要許願

我覺得許願是美麗的事，一年結束之時，新年開啟之際，有人去廟有人上教堂，有人對著燦爛如夢的煙火，甚至，不用去哪裡，只要閉上眼睛或者抬頭望天空，默默許下心願。許願像是自己和上天的對話，或者是自己跟更高的什麼力量溝通，也或者，是自己和未來的自己立下盟約。

人還想許願，代表了對自己仍有期盼，對將來仍然懷抱想像，能夠如此，很是美好。就像我偶爾在寺廟中，看到香煙裊繞，男男女女專心一意對神明訴說，也許俗俚，也許愚昧，也許貪心，也許執迷，也許偏狹不悟，但那份細細訴訴一一說明自己人生的專心，總讓我震驚與感動，啊，所謂善男信女，所謂紅男綠女，所謂芸芸眾生，盡是如此。我相信，許的願不一定會實現，但如果人夠虔誠夠自省夠努力，那份願望也會傳到天聽終究以別的形式回到自己的人生之中。

我喜歡新年，每年年終總在平安寧靜的期望中，好好整理過去一年的人生，對於時間的力量人生的變化，珍惜又惆悵。捧著臉對夜晚的窗外凝視，整理過往一年又許了新願，好像自己坐在時間之河的這端，又回到了小時候，向遠方的什麼宇宙宏大的某種存在期許願望。

但我小時候其實不太相信許願這事，覺得人生所有事情，都應該自己踏踏實實去規劃執行，目標就可以達到，人若自己不踏實工作，老向神許願或向天求助，很可能代表他自己行事規劃不夠謹慎也不夠扎實。到年紀大了以後才發現，人生有很多事情，並不是自己努力就可以達到的，像人際之間因緣散聚，陰錯陽差，彷彿自有注定，就連個人工作事業的推動，也有因緣際會。

人能做到的事，一點也不少，但這只占了其中一部分，還有一部分，是命運，是上天的旨意也不一定。

過年的時候我容易想起有些好朋友，那樣好過親過的，彼此深深支持的，也真的會在路途中走著走著就比較遠了，儘管彼此都仍想念，都還友善友愛，也想努力維繫，仍然走著走著就遠了。人生際遇引發的種種變化，逐漸讓彼此的生命節拍對不上，雙方很努力維持著不要散。我想起小時候每天交換信件筆記的朋友，久未聯絡，見面吃飯發現怎樣都說不上話，但我還是認真地看她臉書的每張照片，認真按讚，像是單方面的癡情。曾經義氣知交的朋友，每天東奔西跑，為了開拓事業，變得焦躁浮腫。也有曾經相看就歡喜的老友，現在只把我當作填空檔的伴，只在老公去工作的兩小時，臨時打電話約我咖啡，一杯還沒喝完就說要走，因為老公提早結束了，因為我從拚了命的工作狂變成每天在家寫稿的人。

有時候我覺得自己的人生變化甚大，驚險過了好幾關，生涯變了好幾回。有時候我覺得自己好像什麼都沒長進，在恆常的時間中只是呆呆靜靜地窩在這城市的角落，看著這些人走進又走出，看著四時的變化。

但我想我總是長進了，有些苦不苦了，有些樂不樂了，年紀長了其實好，我的人生，此時自己和自己相處得最好。

而我們總是要許願的，現在又是許願的季節。虔誠地整理過往，細細梳理，認真地看著身邊的人，血濃於水的，歡欣鼓舞的，情義深厚的，牽腸掛肚的，糾纏難解的，攻訐陷害的，擦身而過的，都一一放回原來的位置。

然後我們對著新年的夜空許願，如煙花之燦美，如時間之寧遠。

過生日

Celebrating Birthday

我討厭過生日。並不是因為生日蛋糕上的蠟燭提醒年紀，也不是覺得生日派對俗套，更不是那種勵志型的態度，什麼一年三百六十五天，每天都應充實，生日以外的日子比生日那天更重要。我之所以討厭過生日，是因為我很在乎生日。

我在乎生日，就像我在意一年當中所有重要的節日，跨年夜、元旦、除夕夜、大年初一、春節假期，還有清明節、中秋節、聖誕節，我通通都在意。我就像老人家那樣，相信關鍵節日、重要節氣當天發生什麼，會影響接下來的運程，會暗示未來的氣場強弱。因此，每個節日最好都要好好過才行。就像一天早晨如果發生了倒楣事，就容易暗示接下來一天的不順遂，就像路上老絆到石子。當然，不是一早不順遂，一整天就沒救了，只是小挫折多就需要人更加沉心靜氣，冷靜面對接下來的連番不順而不氣餒。如果能夠一早神清氣爽，總會覺得接下來一天就算出了小差錯，也會逢凶化吉，好像襯了一首輕快的曲子當人生主題曲。

所以生日一定要過得清爽，接下來的一歲才能順暢。想要未來的一歲充滿愛，生日那天就要過得充滿愛。如何讓自己那天充滿愛呢？就一定要和能讓你覺得充滿愛的人一起過。而讓我產生充滿愛，確信彼此相愛至深的感受的，世上只有我的貓咪。

某一年跨年夜朋友約我一起吃吃喝喝，混了一晚，就要倒數，有的人喝醉了，有的人聊對未來的願望，有的人開始打呵欠，等著倒數一完就要走。我突然覺得虛擲生命，覺得這種人生重要的時候，我就該和人生最重要的人過才對，怎麼可以把重要的時刻浪費在不重要的人身上呢？我一醒悟到這點，想都沒想地就衝出去，飛車回家，衝上床抱緊我的貓。

果然，就像魔法一般，熱流從貓咪身體傳到我身體，在裡頭漾開，連腳趾頭都溫暖了起來。我忍不住呵呵呵地一直傻笑。只有和貓在一起，我覺得自己被上天眷顧，是幸運的人。我想把這種感覺，延續到下一年去。

貓咪自此成為我的節日小天使護身符。重要的節日我只想和貓過，抱著貓用力親，抱在懷裡搖搖晃晃，把臉埋在貓的身體裡，深深吸取小貓香氣，向天喊：「萬能的天神哪，我吸取了神奇的力量！」

我當然喜歡我幾個真正的朋友，也曾想過生日的時候和他們一起過也挺好，朋友也常常給我鼓勵和快樂，覺得在世上，有幾個和你不具血緣關係、沒有利益糾葛的人能接納你，是很好的事。只是，往往生日真的和朋友過，下場都不好。

朋友為我生日買蛋糕或小禮物，讓我覺得壓力大。朋友瞞著我辦生日慶祝會，更讓我害怕。雖然知道我討厭張揚，於是慶祝會規模逐年縮小。只是，朋友總是邀請他幻想中的我的朋友，而且常常邀了甲他覺得不邀乙會不好意思，因為甲和乙很熟，另外，邀了丙不如也邀丁，他們好像是我近來常聯絡的新朋友，反正祝福不嫌多。可是真相是，我喜歡甲卻討厭他的朋友乙，因為乙也討厭我，他是因為想巴結主辦人不好意思不現身。我看到丙來了，覺得壓力大，因為他生性羞怯，我該招呼他才行。丁祝我生日快樂時，我根本覺得煩，因為他是假意我也是假意。我還不能早走，我是壽星。回到家之後，我痛苦虛脫，煩躁莫名，必須看好幾個小時電視，無意識地發呆或生悶氣，才能稍微平靜。

為什麼要讓自己在生日這麼重要的日子覺得痛苦虛脫、煩躁萬分呢？生日覺得衰，未來一年也會覺得衰。我才不願未來一年總是心煩意亂，不願意未來一年還要在虛與委蛇的人際關係中假笑。

生日那天讓我獨處吧，整理自己，抱著我的小天使，讓我覺得被上天祝福。至於朋友，請和我一起慶祝生日的次日吧，新一歲開始的第一天，我很樂意和朋友過。

計程車上

In a Taxi

貓有點狀況，所以兩天一次帶牠上醫院打針，成為我生活規律的一部分。

我邊走邊哄牠，牠在籠裡喵喵長叫抗議，告訴牠我們只是進行一場秋天上午的散步，風吹過來了，或者日頭又變大了。

走到路口，叫計程車，行到醫院，打針，叫計程車，回家。

雙肩前揹著寵物籠，肩上揹著自己的包包，手上提著貓咪的藥袋，坐上計程車不免行動緩慢地把這些包包袋袋花點時間放好才能坐正，而我家貓兒子又是那種會說話表達不悅的性格，常常在車上突然放聲喵了起來，十分情緒性與帶著埋怨的宏亮叫聲，讓司機忍不住開口問。

「你揹的是嬰兒還是貓？嚇了我一跳。」

我不用多說，只要說我帶的是貓咪，起了個頭，常常司機先生就因此陷入自己人生與動物的回憶，這是我看病之旅始料未及的收穫，聽了不少這些小故事，讓我更摟緊親親我懷中的貓。

有個司機先生說，他的兒子養了一隻黃金獵犬，每個週末他和太太去兒子家吃飯，那黃金見到他們歡喜得不得了，總是撲上來又蹭又要抱，笑嘻嘻的。他和太太逐漸地週末去兒子家變成是去看黃金的心情多過看兒子。他說，每次他和太太吃完晚飯稍坐後要離開時，那黃金撒嬌不依，表情難過，大大的眼睛充滿情意，讓老夫妻幾度情感爆發，捨不得走，抱著說話，要狠下心才能踏出去，回家的路上還總是放不下地想著黃金。

「黃金很大，你知道吧，就像一個真正的孩子，真的真的就是像人一樣的孩子，」他的語尾有點飄忽，像是他和自己在對話，我感覺到他的情感湧了上來：「捨不得，常常覺得捨不得，離開的時候捨不得，沒見的時候也是捨不得……」

又有一次，白髮濃眉的老司機先生問我的貓後，說他有次載到客人說起朋友因為出國，將自己的貓託寄到鄰居家照顧。鄰居的先生餵貓後想和貓玩，但貓咪認生，不肯玩且抓傷了鄰居丈夫。那丈夫一怒之下抓起貓狂摔，貓咪受到重傷。送醫後花了七萬多元手術。主人回國後發現貓咪出了事，那鄰居丈夫還跟他索討醫藥費，並怒罵貓咪抓傷他。貓主人於是告上法院。

壞透了，我不禁跟著罵那男人。

老先生興高采烈的語氣突然改變，說他小時候家裡也有貓，突然暫停了幾秒，我知道，他墜入了自己童年的回憶。

那隻貓是他祖母養的，祖母固定餵，貓咪在老家四周跑來跑去，但晚上一定會回家，一定跳上床和祖母一起睡覺。

「我小時候也和祖母一起睡，睡著睡著那隻貓就來了，進被窩，睡在我和我祖母之間。每天哪，你知道嗎，每天一起睡。」

老先生說著說著彷彿一個人去了很遠的地方，我從後照鏡默默看著他，他竟然微微地笑了起來，濃眉稍微舒展開。

「後來呢？」

老先生說，祖母過世不久後，那隻貓就消失了，消失的時候那隻貓好像已經十幾歲，有一天就不見了。家裡的長輩告訴他，因為貓和祖母太好了，因此貓決定去陪祖母，他長大一點後聽說，貓知道自己天壽將至時，會離家到遠處，獨自靜靜等待那刻到來，不想被看到。

我問老先生後來有沒有養過貓，老先生說沒有，他的人生中就只有過那隻貓，祖母的貓，每天上床一起睡覺的貓。

老先生笑了，幾乎羞赧可愛，我好像看到老先生是小孩子時候的臉。

「我祖母和貓都走了，那時候我好小，而我現在這麼老了。」

小黃

這幾天我老想起南海路國立歷史博物館的館狗兒小黃，不知道小黃還在不在，從理智上判斷，小黃已經不在的可能性很高，但我還是想著小黃可能在博物館的門口巡邏的畫面，或是小黃坐在博物館入口大庭曬著溫暖太陽的畫面。好像小黃一直在，而且是我心中的博物館的一部分。

那時候我是個初出茅廬的年輕人，因為工作採訪的關係常常跑博物館，那時候史博館的黃館長告訴我，有隻館狗叫小黃，我翻了白眼要愛開玩笑的館長別鬧了，館長說是真的，小黃的脖子上掛了小項圈牌子，是正式經過登記的，小黃登記的主人是歷史博物館。

館長說，他和館員發現有隻流浪狗以博物館為家，每天這隻棕黃色小土狗在博物館外一圈一圈巡邏守候，不讓別的狗入侵，如果遇到可疑的狗，小小的身體能夠發出汪汪大叫，拚命生氣阻擋。這隻狗兒喜歡在植物美麗的博物館庭園曬太陽，從來不打擾遊客與館員工作。史博館的警衛、館員與館長都知道這隻有名的狗，有一個警衛特別與那狗好，其他人的話狗兒很有個性，不打擾但也不親近。館長有天便告訴館員，帶小黃去登記吧，萬一被人當流浪狗捕走了就不好了，把這隻狗變成我們博物館的館狗。

小黃還是一樣過日子，牠特別喜歡在大家都下班後的晚上巡邏博物館，白天去的時候，有時候不見小黃蹤影，有時候會見到牠趴在大庭舒服安靜地曬太陽，表情舒緩但自制，但完全不是那種從小和人類住的家犬常見的睡翻憨萌、門戶大開的表情。你若想去摸小黃逗弄牠，小黃會生氣咬人並迅速跑走。大家都知道小黃是館狗，知道小黃非常愛這博物館，但不要隨便去碰牠弄牠，只要遠遠笑著看小黃，並享受小黃帶來的一切美麗就好。

館長說，有天他有事，提早上班，可能來太早了，小黃竟然對他大吼大叫，不讓他進館，拚命要趕他走，彷彿館長是入侵者。館長看著小黃，又好氣又好笑地對牠說：「到底你館長還是我館長？」之後館長便老對人說，史博館白天是他管的，晚上是小黃管的。

我對於那個蓮花池畔的博物館有特殊感情，並且因為那是小黃守護的博物館，心裡總是掛念。這麼多年過去，我走到哀矜中年，仍然記得年輕時的自己，常常揹著小背包晃到博物館，在博物館進進出出，每個人都打招呼，運氣好的時候可以見到小黃跑過去的背影，運氣更好的時候，可以見到小黃安靜地將自己交給黃金一樣的太陽。

但我和館裡的人心裡知道，說不定還有點敬意，知道那是隻不能讓人類隨便撫摸調戲或輕薄逗弄的有尊嚴的狗，因此我們總是遠遠望著，但忍不住微笑，覺得真真有神明眷顧人世。

年歲以及一點點什麼關於它的

Age etc.

有時候我覺得那一口氣快散掉了，我只是勉力維持著，把它聚集收攏著，知道它要散掉了，就快了，遲早要散了，我只是盡量延長著剩下的時間。

不過醒來的那幾秒鐘，意識逐漸收攏至頭部，意識到今天還可以，所有的東西還在，悲傷中也會浮現一點點無奈，與甜蜜。啊，今天要照昨天以及往常那樣，活一天。

一個人待著有時候會突然生出殺人般的孤單，但真出門見了人，又有種反而快死掉的感覺。一個人活著活著，就活成了這種樣子。

但這也沒什麼。

年輕的時候看到痛苦的人，因為認得出來同類，會直直地向他走過去，摸他的臉握他的手用力抱住他。

現在的我，看到了，也聞到了傷口的氣味，認出來，也只能掉眼淚，閉上眼睛吸口氣，當作什麼也沒看到地走過去。

因為我還沒好，我的裡頭也沒好，我想活下去，我不能停下來。

那個時刻

那個時刻，
我們因為相似的困惑，臉上出現了相似的表情，
於是誤以為志同道合。

當然，比起因為那個時刻，相似的表情，
誤以為相愛的，
我們存活得僥倖，寂寞而誠實。

村上隆遇上SMAP

卡關的時候我什麼也做不了，連與無力感搏鬥的意志也消失，只是放著自己廢著。廢著等的這段好長的時間，我看了不知道幾年份的已成歷史的日本綜藝，然後某天晚上我看到了村上隆上節目，那是現在已停播的《SMAP x SMAP》。先是愣住，綜藝節目找藝術家，看了則是驚喜，因為綜藝節目找藝術家可以策劃到這麼精彩，然後吃吃笑了起來，因為程度好又有趣極了。

這個節目可說是上世紀九〇年代開始二十多年的日本電視極盛時期的代表，展現了高級企劃力及日本在大眾文化方面的實力，節目班底是偶像天團SMAP，成員中居正廣、木村拓哉、稻垣吾郎、草彅剛、香取慎吾都是國民偶像級的人物，規劃的各樣內容，廚藝競賽、訪談、歌舞、搞笑短劇，而村上隆恰恰也是這一時期在國際上被視為日本藝術旗手的人物。

這節目常有不定時出現的單元，其中包括偶像學堂，邀請在國際上各領域的重要人物擔任老師，SMAP成員是學生，標榜的是學校學不到的藝術課程，老師上課還會帶他們創作，加以講評。由於藝術創作最能展現個人特質，幾個偶像的作品讓老師一講起來，簡直像心理分析般有趣。

讓我驚訝的是村上隆一出場時這個單元介紹村上隆的內容，短短兩三分鐘內，沒有廢話又切中要領，比多數落落長沒重點的文章都來得精準。太多文章只談村上隆的通俗扁平，這節目卻直接點出村上隆與浮世繪、日本傳統文化的淵源，同時又與動畫等御宅文化的結合，也講他在拍賣紀錄，以及他和時尚品牌、流行歌手的合作，最終還有他導演的動畫電影。

村上隆的藝術課中，他以自己知名的作品元素「花」為題，要幾位偶像挑出幾朵花寫生。村上隆談到，在學校的時候花了很多時間畫寫實，花了很多時間練習，畫了很多花的素描，常覺得沒趣，競爭也激烈，但想起來那是段很重要的時間，而從學校畫寫實的花，他指著二〇一一年的代表作《花之笑顏》，說寫實的花走到這裡的笑臉花，花了人生二十多年。他也談到，日本和服的花紋是世上數一數二的資產，卻沒人轉化成藝術，他那些看起來漫畫的花朵笑臉，其實就是從這來的。他也提到草間彌生的點點圖案，這些平面性的圖案當今被視為日本當代藝術的代表（他九〇年代便提出Superflat理論並以此作為策展理念），是很重要的。

偶像畫畫，村上隆在現場也畫寫生，二十幾年沒畫素描的他畫了玫瑰。六十分鐘後大家交上作品，什麼人畫什麼花真是一點不假。木村拓哉畫火鶴花，什麼事都正面迎擊的他，真是一筆一筆如實仔細畫，停在花上的蒼蠅也畫上去。村上隆說木村，性格上是正直的人呢。

軟軟的稻垣吾郎的構圖是兩枝花交叉如權杖，但整體都是軟的，用色粉紅粉紫也是軟的，不過村上隆觀察到稻垣有一筆連續不修改畫出輪廓的能力，這不簡單。草彅剛畫了透明玻璃瓶上頂著兩朵花。村上隆說看到他一股腦兒地一直畫花，拚命一陣子之後，才開始想要畫瓶，不過瓶子畫兩下又回到花上執著，這過程有點反覆焦慮。

而老大中居正廣的作品一揭開，就全場笑炸，連村上隆想講評也笑到說不下去。

畫面上，沒開的花下垂，葉子枝幹也全下垂，圖上的一切全垂下了。

村上隆笑說，主題是花，但畫中透露的只有乏力感，以及畫的人心理狀態的不耐煩。

評選出的最佳作品是香取慎吾的，顯而易見地有藝術感，完成度高。香取慎吾一直喜歡畫畫，長年除了演出也擔任幕後企劃工作，在藝術上天分一直很突出。

話說，SMAP解散後，今年香取慎吾舉辦了個人畫展。

有些聊天應對，看起來搞笑，但其實應答之間，挺有意味的。

藝術大家與國民偶像，藝術討論與個人特質的發掘，造就了這樣深入淺出的有趣企劃。節目中就算是大師也沒有長篇大論的掉書袋或藝術神聖化的廢話，只是藉著對話與人味，讓大笑的同時，對於藝術，對於人，都多了解了一些。

我想起在過去台灣也陸續出現不少藝術節目、讀書節目，但在規劃上千篇一律就是訪談，並且多是些單調而鬆垮沒有重點的言談，常常沒多久就停播。如果我們也有這樣的聰明扎實的企劃，不知該有多好。

這個企劃除了村上隆外，還邀了多位一時之選擔任老師，包括指揮家西本智實、小說家百田尚樹、導演三池崇史等。不用說，當然是點開了一集又一集。

木村拓哉

對於「台灣最美的風景是人」這話，我無法控制地老是反感。不是我不以台灣人的善良純美為榮，但這話若是拿來作觀光的炫耀言，激起我的不悅是：這麼多年以來，環保、水利、內政、交通、文資這眾多衙門到底做了什麼，除了小老百姓天生的人情味，還沒做出過什麼可以拿來説嘴的東西嗎？上週看到吳宇森和木村拓哉合作拍的台灣觀光廣告，瞬間那種熟悉的不愉快又酸水般冒上來。是吃的，而且沒什麼意外，芒果冰、小籠包、茶葉。

不過，看到木村拓哉，還是頗溫暖的。

比看到木村拍攝的台灣觀光影片更開心的，是看到木村拓哉上日本《Music Station》三十周年特別節目。木村加入女團AKB48眾妹妹的歌舞表演中，跟著賣萌、油油地扭臀擺手，正式以大叔身分出場的畫面。笑開懷的同時，竟然有種安心：木村變成真正的大叔了，而且他轉得很好，是個好看的大叔，他順利地走到中年人這一邊來了。

這種心情，比較出自同輩之間的擔心與義氣。

活到生命這個年歲，多數人懷著隱疾，在沒有人看得到的地方，裡頭其實已經這邊碰壞掉，那裡不太能動了，還有許多舊傷如同風濕病一樣地反覆發作。中年是微妙的階段，是關鍵性的轉型期。只要碰上一次重大變卦，只要內在被狠狠踐踏一次，因為這個時候人的復原力已經快速下降，內在一重傷，人就崩壞了。你見到美人在打擊之後，成為失水憔悴的花；也見到少年時迷人的花美正太，一次重摔，就定格為可怕的鬼娃。如此就成為中年的那張臉。

不是從此無法逆轉，也有少數人從災害中復原，但要花上很久很久，機率也偏低。

就像一個長輩罵人常用的句子：「你給我有點樣子！」

現在才知道「樣子」這兩個字，有多難。經歷社會種種，中年人若還撐得出一個樣子，那口氣還聚得了，本來就快要崩潰的那些東西，就還能凝結在那一口氣上。背後有多少滄桑，只有同輩知道。然而同輩人不能說破，只是各自冒著滅頂的掙扎，為彼此焦急，自己也想要頂住。這是義氣式的憐惜吧。

看木村的心情也是這樣吧，啊，他過來了。

看宮澤理惠的心情也是這樣，啊，你過關了。

知道他過關了，有種喜悅。看到還在掙扎的人，再不忍心也只能溫柔地說你慢慢來，找到自己的重心後，就容易過那條河，知道哀矜。

這種感覺和小時候愛著田村正和的心情是不一樣的。田村是大神，你小時候認識他時，他就已經過了那一切，老早收拾完整，尊嚴已經掛上，登上寶座了，你仰望著他閃著金光，已經是經典優雅了。

我忍不住要回頭去說說一九九六年的日劇《協奏曲》。田村正和、木村拓哉、宮澤理惠三人共同主演的愛情劇。年輕建築師小翔（木村）和他的女友小花（宮澤），遇上小翔崇拜的神一般的建築師海老澤（田村）。小翔意識到小花與海老澤之間彼此吸引，自覺一事無成的他，決定退出，成全小花與海老澤。多年之後，小翔終於成功，海老澤卻過氣，事業出現危機，已經成為海老澤妻子的小花在加油站打工。小翔出自對恩師的情感，出自對小花的情感，出面幫助，三人的命運又糾纏在一起。

雖說大家認定這是三人行的協奏曲，不過，我怎麼看，就覺得這齣劇講的是男男愛，是我人生最早的同志戲劇之一。

雖說，木村與田村看起來為了爭宮澤理惠，彼此競爭較勁，打來打去。但是，當他們人生出現了危機，卻是男人為了男人挺身而出。美麗的宮澤理惠只是在一旁站著不知所措。

木村年輕氣盛得罪人，是田村為了他犧牲自尊，向業者下跪，只求才華洋溢的木村有表現的機會；而當田村岌岌可危，是木村出面承擔，挽救田村的事業，並奮力喚回他創作的初衷。

我記得自己看的時候，只是驚呼：「這兩個男人深深愛著彼此，那是真愛啊！」

田村正和的瘦是出了名的，襯衫毛衣塞在西褲裡頭，看起來還是瘦。宮澤理惠也是瘦，經歷自殺傳言、厭食症，眉目仍有畫意，但是好瘦。木村拓哉也好瘦。這是當年三個當紅的瘦子合演的當紅連續劇。

於是，這劇對我而言，還有另一個難以抹滅的印象：三個瘦子穿了很多層衣服，在電視螢光幕中愛來愛去、走來走去，但畫面看起來，還是非常鬆。

變卦

看到渡部篤郎上明石家秋刀魚的節目，面對各領域專家排排坐面前，他說今天的主題是希望能改掉自己老是變卦的毛病。渡部說，他做事常擬定各種計畫，A計畫B計畫C計畫，但真正事到臨頭，卻總覺得之前那些計畫他一點都不想要，總是突然改變心意，臨時做別的事。

他有次決定帶小孩去夏威夷旅行，因為平常就喜歡夏威夷，因此很期待這次出遊，事前就想要這樣那樣，計畫做這做那，醞釀了好一段時間。真正的出發時間到了，全家大包小包到了機場，他突然覺得不想了，怎麼樣都不想去夏威夷了，於是硬生生在機場取消這趟旅行。明石家問，難道不覺得機票錢旅館錢都付了很可惜？渡部說，嗯，覺得很可惜，但還是不想去。明石家說，啊，不想去的心意大過費用可惜的感覺了呢。

又有一次，渡部帶小孩開車要去東京迪士尼樂園，開著開著，看見往迪士尼的路上人潮多，突然不想去，臨時改道，開去小田園城。現場的人吐槽，迪士尼和小田園城，什麼跟什麼啊，孩子不會失望嗎？渡部還說，因為知道自己老變卦的個性，連吃飯都會一口氣先訂三家餐廳。

現場一位軍事專家說，歷史上很多成功人物都有渡部這種臨時變卦的人格特質，織田信長就是一例，儘管打仗前總是詳細演練各種應變戰術，但真正上了戰場，他卻常變卦，臨時用和先前擬定根本完全不同的方式應戰。

但這位專家也補充，儘管很多人士擁有這種藝術家式人格特質，都曾創下大業，下場卻未必好，因為這種臨時變卦的作風，往往讓身邊的人感到失望，甚至感受到遭到背叛的痛苦，織田信長後來因明智光秀發動本能寺之變垮台喪命，也是典型例子。

心理學專家則問渡部，關於演戲，是不是不太喜歡彩排這事？有沒有發生過，彩排時太過投入專注，結果彩排時整個情緒與情感狀態就已經到達最高點，接下來就從巔峰直線下降，導致正式演出的表現反而沒彩排時好。他連連猛烈點頭，說這常發生，所以挺不喜歡彩排的。

心理學家分析，一般人的情緒發展是在過程中逐漸累積，情緒一步步升高，到了事件真正發生時，情緒與事件的實踐同步到達最高點，然後才自巔峰下降。好比旅行，一般人在計畫的過程，期待逐漸累積，情緒逐漸上升，到達目的地玩耍後，情緒與事件的發生同步到達最高點。

但像渡部這樣特質的人，在規劃過程中，情緒已經比別人飛快地到達最高峰，於是在事件發生之前，彷彿已經去旅行過了，已經玩完了，在出發之前他的情緒已經自高峰下降了。但是，渡部覺得精力耗費之時，對身邊的人來說，事件才正要開始。若發生在工作上，還會因理性考量勉強自己，若是私事，則常常沒顧忌地變卦。

我看了頗受驚嚇。我也討厭他人臨時變卦讓我的飽滿期待受挫，也想起小時候父母常說週末會帶小孩出門，但週末到時卻說不想去了，指責抗議的我不懂體諒他人。我也討厭期待的朋友，說了要約見，彷彿要相愛，然後便消失。

但我的驚嚇是關於自己，因為發現自己其實也有渡部這種變卦的問題。計畫一個旅行，或約定一個聚會，一開始覺得興致滿滿，還會在腦中上演好幾齣精彩的戲劇。然而旅行真的到了，聚會就要發生時，我常感到厭倦。人際關係上我可能也犯了同樣的問題，曾經對誰充滿期待，覺得他充滿吸引力，聊起來多貼心有趣，偷偷幻想過若和他來往不知該多開心，一定心心相印。但真正見到面，覺得眼前站的人，和之前想的人不是同一個，一切都比較灰暗模糊，一時之間突然情緒降了好幾調。

香港有個劉德華

我很長一段時間是沒辦法喜歡劉德華的，原因沒有別的，就是他跟我爸爸長太像。

當我的朋友說劉德華好帥，聽他的歌看他的戲，崇拜迷戀，幻想長大要嫁給劉德華的時候，我雖默默在旁陪著，心裡卻彆扭尷尬，基本上很難對爸爸型的人產生荷爾蒙式的激情。我爸是長得好看但嚴肅的人，當我在銀幕上看到年輕版的爸爸和美女談情耍帥，在舞台上勁歌熱舞，很難發散出少女情懷，只覺得怪怪的不太舒服。

有趣的是，連我爸工作處的小姐，有天吃了熊心豹子膽也問他：「李先生，有沒有人說過你長得很像劉……」冷淡寡言對影劇一概無感的我爸，回家後竟問我：「有張專輯叫《忘情水》對吧。」我點頭。

我爸說：「方便的話幫我買一張，不方便的話也沒關係。」然後沒事一樣走出我房間，把我嚇壞了。

憑良心說，年少的我沒法子喜歡劉德華理所當然。唱歌來說，他先天音色不好，跳舞的話，他肢體不協調，明星氣勢的話，除了好看的臉似乎也沒什麼醒目之處，演戲的話，尚可但也無法帶來衝擊感。總之是個平均值偏高但沒有哪些特別突出的人。但在我長大的過程中，劉德華飾演的楊過，是我心中永遠沒人能比的楊過；《追夢人》中劉德華飾演生命將逝，騎摩托車載著愛人往天涯盡頭奔馳的少年，讓我眼角濕潤。還有《法外情》的劉德華，刻下了我對港式法庭戲的深刻印象。

劉德華對我來說只有這樣。我的心思總是掛在更貴族架式、氣質更曖昧的男明星身上。

然而這世界上就是有這種人，時間是站在他那邊的。

你一定知道這類人，你看不上他，覺得在人情逆流沖擊下他撐不過五年就會知難而退，但五年之後他還在。你又覺得，他撐不了下個三年。沒想到，這人從來沒被沖走，以攀岩般的意志與強大抓地力站了許多年。你覺得他不行不夠的，他沒有別的，就是用苦練拚給你看。唱歌不好就練，先天音色不美但他學習技巧感增強；肢體不協調他苦練，他成了中年大叔才練出一副瘦削緊實的身體，實實在在跳場舞給你看，當然他沒辦法跳到特技的地步，但你也被那種扎扎實實經由累積而得的自信嚇了一跳。

就算小時候不喜歡他，賭氣討厭他，這時我心裡也忍不住大喊：「好了好了，你這人要不要這麼好強呀，人生拚成這個樣子，我服了你，我輸了，我接受你了吧！」

在演戲這塊，多年之後看了《無間道》，突然愣住，那一刻我才驚覺，不知什麼時候，劉德華成為一個優秀的演員了！

我猜想，這個我一度覺得除了帥臉沒別的男人，內在肯定起了大變化。他內在的複雜細緻與成熟歷練，終於追上甚至贏過了他的外表，讓他成了好演員。某種發光的、細緻的、富有皺褶層次的、柔軟卻強悍的東西跑出來，那東西讓人的眼睛跟隨他的角色。

終於，二十多年後，我人生第一次看劉德華演戲，我爸爸的影子沒跑出來干擾我。

此後不管是《狄仁傑》、《桃姐》，劉德華是劉德華，我爸是我爸，很清楚。

而二〇一一年劉德華獲得金馬獎影帝在頒獎典禮上的致詞表現，特別讓我感動。「在台灣看到十幾年電影最低迷的時候怎麼撐過去，現在是香港電影最低迷的時候，希望我們能撐過去。」他那不亢不卑，真誠而顧全大局的態度，表達感謝，也替淵源深厚的台港兩地電影說了適切的代言。我當時覺得那頒獎現場，滿場假鬼假怪、花枝招展、裝模作樣、以為自己是萬人迷穿著禮服的死小鬼們，都應該汗顏。劉德華那時展現的大器，除了所有演藝上的技術，更在他展現了巨星的品格。

有次我在香港灣仔街頭閒逛，香港朋友指著這裡討生活的港邊勞工、路邊的喫茶店、美髮沙龍、忙碌來往的上班族告訴我，這才是真正的香港，各路人馬在街頭或打架或胼手胝足求生存，這裡盡是小市民從底層一步一步堅毅討生活往上爬，從白手起家，從貧而富足，保守而勉力，這始終才是香港社會的核心精神，這才是香港人心中真正的香港價值。

不知道怎地我想起劉德華。

鬼怪與新娘

這兩個月許多朋友沉醉在韓劇《鬼怪》奇幻浪漫的劇情與特效畫面中，當然了，還有孔劉破表的男性氣息。這齣劇編劇金銀淑設計的一個橋段，讓我覺得很有意思，總是連結起精神分析理論談到的，關於自覺以及重要他者在個人自覺過程扮演的角色是什麼。

孔劉飾演的鬼怪原是高麗時代的大將，但他所效忠的年輕君王受奸人所惑，逼他在邊疆流浪，看似與周圍強敵征戰護國，實則希望他死在沙場不要回來。鬼怪最終仍然回到首都，卻遭年輕君王殺害，全家族親屬也都被害死。鬼怪死後，奸臣命人將胸口插著劍的他拖到荒郊，命人不得收屍只能曝晒，但愛戴他的百姓在屍首周邊對上天哀求，神決定讓將軍以鬼怪之姿重回人世——只是胸口插著的那把劍永遠拔不出來，他必須帶著它在人間永生遊蕩。神告訴他，只有碰到命中注定的那位鬼怪新娘，才能拔出他胸口的劍，他才能真正安息，靈魂不再漂泊。

鬼怪在人間飄蕩九百多年，為朋友一代一代送終，孤單的他終於在現代遇見了鬼怪新娘並且相愛。我覺得最有意思的安排是：一開始鬼怪要新娘為他拔出胸口插著的劍，但卻怎樣都握不住也拔不出來。為什麼呢？明明她就是鬼怪長年等待的對的人，為什麼拔不出那把讓他痛苦的劍，他的靈魂仍然無法結束漂泊？

鬼怪經歷了愛人，並進入愛一個人卻終究必須選擇與所愛分離的困境，他與轉世的家人重聚，也與過去結了仇的奸臣、令他含恨的君王重遇，彷彿過去的因緣在此時匯集，要他必須重新面對。但是舊的人際因緣，卻有了新的整理與體認，因為愛所帶來的體悟變化，他的心靈與看待世界的角度發生了改變，看待過往的冤仇有了寬容，對於惡行也有機會加以導正復仇。而最終，在劇裡，是鬼怪拔出了自己胸口的劍，實踐他好不容易體認到的命運，才能安息。

這讓我想到童話故事《睡美人》——睡美人受到詛咒，在荊棘圍繞的古堡內沉睡了一百年，在這一百年中，不時有年輕男人前來，試圖穿過荊棘，但他們都發現這是不可能的任務。剛巧一百年過後，有位年輕王子經過，那荊棘開了花，並且按照花朵自己的節奏開啟了通道讓王子進入，喚醒了睡美人。

《睡美人》長期以來被男性為主體的大眾文化解讀為：沉睡的人等待命中注定的對象出現，那人會喚醒她拯救她，給予她新生。這種被動式的觀點被用來解讀類似的童話，包括青蛙王子、白雪公主等，並且發展成現代普遍的愛情觀點。這是以浪漫遮掩沙文、宿命掩蓋自我覺醒，進而體認並實踐個人命運的伎倆。換句話說，這樣的觀點讓人容易因循懶散，面對體認自我命運的艱苦歷程，那種主動介入自我覺醒的痛苦歷程，刻意忽視，並且將一切責任轉移到他者——對的人出現，你便會得救，靈魂找到歸處，甚而得到新生。

看似對愛情被動的等待，實則是對自覺的規避，對命運的逃離。

精神分析學家研究神話象徵，重新檢視童話，提出的觀點在於：睡美人在沉睡的一百年其實並非被動等待，她在那外界不得其門而入的地方，在看似阻絕的狀態中，經歷了一場內在的冒險，就算看起來是等待，那是「創造性的等待」。而後世的人們，刻意忽視在格林童話的記載中，那荊棘是按照自己的節奏敞開一條路，是它自己張開，歡迎那位立意並不在征服的王子進入。

換句話說，一切不會只憑等待發生，雖然外表看起來只是等待，雖然外在的境遇和困頓的過往條件乍看並無不同，但你的內在因為經過一場漫長的覺醒，體認到此生的命運，才有所不同，是主動性的發展造成看起來像是「命定時刻」的外在體現。

新的意義因此誕生，雖然看起來是在某個特定的人或時刻甦醒，實則是主動的介入。鬼怪最終是自己拔出了胸口的劍，睡美人是自己開啟了自己。

宋民國的阿姨們

傳言三胞胎大韓、民國、萬歲要從《我的超人爸爸》下車，我Line群組中一位姊姊怒吼：「宋一國爸爸做決定的時候，有沒有問過我！有沒有想過我的心情！」

這位怒吼姊姊是三胞胎老二宋民國的鐵粉。這位姊姊是資深仙女，飄逸脫俗，但工作上頑強正氣。群組另一成員也是位姊姊，魄力十足的女強人，每天在各國飛來飛去，很威的。我們這個Line群組之所以建立，當初只是想討論宋民國有多麼聰明可愛，胖軟下垂的嘴邊肉多麼寶萌。我們三個單身熟女生，因為一個不認識的小孩，母愛一週破表一次。

但我知道我心底有個東西徹底改變了，有一個打死緊的結，突然鬆了，導致我內在出現了關鍵性的舒坦，我的焦慮稍微平息，那份對於老去的焦慮。

對於老去人怕兩件事，一是孤獨，二是貧窮，特別是怕兩件事同時發生（非常有可能）。大家生怕身與心的窘迫同步發生，而還發生在你力衰之時，那可能連一步踉蹌都會摔斷骨頭。可是過去兩年在家寫長篇小說，日子除了寫就是上網看片，我獲得偉大的體悟：我何其有幸活在網路時代，只要還能上網看片，大致上變老後我也能免於孤獨滅頂，還可以感受到偶發性的幸福。

若伴侶不可尋，若家人留不住，若朋友似天涯，我們上網吧。我們上網才不是去交友網站；像姊姊和我這樣的女人，對於認識新朋友早失去興趣，人際關係的反覆輪迴讓人好懶，對不真心的哈啦推拖早厭惡透頂。偶爾感到孤獨，卻更怕認識人。

看劇的時候，藝術家的虛擬實境比真實還要真實，我們因劇情、因美人俊男引發的身心震盪，都是扎實毫不作假的。不想進入虛構世界時，像是我因為寫小說腦子抽筋，除了筆下的故事厭惡再看任何有劇情的東西，我便看綜藝或實境秀——還因為有時候我非常想聽真人說話而非角色說話。我們還不約而同喜歡著別人的孩子。

在iPad框裡的這個世界，我們不怕人，他們不會傷害你，你若厭倦就找下一個，娛樂產業會提供取之不盡的小鮮肉與帥大叔，到你死前都源源不絕。你不要害怕匱乏，不用苦苦追尋，重新摸索，揣度難安。另一端的美好讓你在難眠的夜晚，有人陪伴，比生命本身還溫暖。

一秒熱愛，一秒放手，餘韻還讓你次日眼角含笑。

現實哪有什麼可以這麼永恆，你要誠心謝謝老天，生在這個時代，將來不會太過孤獨，只要專心對付貧窮就好了。

「想領養民國。」仙女姊姊在群組這麼說。

「可是，誰知道民國長大後會不會走樣？」我擔心。

「你覺得宋爸爸帥嗎？民國長大就那樣子啊！」女強人姊姊分析。

我善變，從沒喜歡過誰超過兩個月，就連對宋民國我也常變心。

但是，我不怕了，別人的男人都是我的男人，別人的小孩也都是我的小孩。

那天晚上我架好iPad，邊吃麵邊看節目，發了訊息：「我逐漸受萬歲吸引，自由的靈魂、魔性男，女性殺手啊殺手！」我積極推銷萬歲。

兩位姊姊幾乎同時發言：「我很忠誠，只愛民國！」

我突然對著那碗麵掉眼淚。

我顫抖著按了暫停鍵，又發了訊：「姊姊們，我們老了一起住好不好？」

姊姊們靜止，沒有回音。

我吞不下嘴裡的東西：「至少……我們老了可以一起看電視。」

那是我現階段人生能夠發出最像告白的話了。

多重人格的一點隨想

最近有兩齣正在上映中的韓劇都以多重人格為主題，一是池晟的《Kill Me Heal Me》，另一則是玄彬的《海德、哲基爾和我》，兩部戲都是娛樂的商業連續劇，男主角設定都是多重人格的富二代。我們又見到多重人格這個主題歷久不衰，從久遠的神話故事，到各代文學、電影與漫畫反覆著墨，從嚴肅研究到娛樂電視劇的光譜都存在這個討論，永遠令人著迷。

一個主題之所以能令人反覆觀看並百看不厭，其實就可以見到這個命題承載著人類生存的基本圖像，也就是人類學家或精神分析學家常說的神話象徵，它指涉的是人類生存的永恆命題，連結歷史與未來、意識與無意識，並在各代以不同形式重新詮釋與演化。

多重人格反應的是當代人的無根與強烈孤寂之感。人們與傳統脫節，與未來無法接軌，沒能深入內在探索，也沒有儀式引導融入人群。當代人只是渴求一切外界的資訊，積極做出反應，卻無能產生真實感受。我們只是飢渴地想得知一切訊息，迫切得知外界正在發生什麼事，別人去哪裡做什麼，崇拜新科技與品牌新型錄，崇拜各種新的成功之道與成長導師，新的成功法則一再轉發分享。這種求新的傾向其實脫胎自「改換自我」的神話：永遠在尋找一個新的自我，一個可以往財富與名望更貼近的自我——透過改變生活方式，當然，或新的臉蛋、新的商品或新的行為習慣而來。

我們只是在不斷發明一個新的自己，希望往更高處往更遠處行，非如此無法平息躁動與深層的罪惡感，卻從來不曾往內往下找到原本的自己。

希臘神話中的海神普羅透斯正是改變這個神話的代表。普羅透斯碰到急難狀況，會變成某種新的形體以確保自己的安全，可能是動物、植物或是昆蟲。精神分析家指出這種總是處於轉換過程中的人格，正是現代人如同普羅透斯一樣，不斷試圖逃離焦慮的表現，無休止追求新事物、渴求轉化，這是一個屬於改換的神話。改變的神話的問題，就是不斷地變動，以避免人性困境，永遠以他人的期待過活。我們很難活出自己的樣子，卻努力活出受歡迎的樣子。而那份深沉的憂鬱，難言的寂寞與孤立感，永遠渴望著自己尚未得到的好東西，正是當代藝術文學不斷試圖討論的命題。我們仿效著普羅透斯，熱愛改變，整個社會崇尚最能預見變化並因此得利之人，更宣示著精神分裂人格是當代的特色。

屬於精神分裂與自我轉化這個神話最典型的文學作品，應屬費茲傑羅的《大亨小傳》。一個北達科他州貧窮的農夫之子，否認出身與根源，重新創造自己，建立新身分以達到榮景。換句話說，他終其一生在改造自己，讓自己成為眾人眼中欽羨的傳奇。他要的是書中的「綠燈」象徵，那個就在對岸的富裕、光亮的象徵，那個不遠處的新生活，那個富裕、美好，並可以通往被愛的處所，也是那個最終成為罪惡的、導致夢想破碎的幻想。

好的藝術往往帶有神話特質，它黏合了意識與無意識，個體與社群，片刻與時代，歷史與未來，正如《大亨小傳》編輯柏金斯寫給費茲傑羅的信中說的：「你具有偶然往天空一瞥，便能傳遞出永恆感的才能。」

和自己相遇並說再見

我們來回想一下B.B.Call的年代。

女生把小黑盒子放包包裡，嘲笑把小黑盒掛在腰帶上的男人，小黑盒震動，按照上面顯示的號碼打電話，「我是ＸＸＸ，請問剛剛誰打呼叫器嗎？」

沒有手機的年代，還沒從類比進入數位的歲月，路邊還有公共電話，有的店家設有投幣的公用電話。

年輕人之間發明了一些數字暗語，因為當時沒有簡訊更沒有通訊軟體，520是我愛你，530是我想你，號碼後頭加上505代表ＳＯＳ，很緊急請回電話。也有情侶或好友共用同一個呼叫器號碼，每人設定自己代碼，要求朋友打呼叫器的時候必須在留下的電話號碼後頭加上代碼，以供辨識。

情侶共用最常見，代碼當作示愛的呼喚。像是一組只有彼此知道的密碼。

錦文也曾經和一個男生分享過呼叫器號碼，對方設定了代碼66。只要她打自己呼叫器，輸入66，他便知道她呼喚他。每當她的小黑盒震動，上頭出現的號碼尾端加上66，那便是找他而不是找她。兩人共用一個號碼有種親密感，當然也有隱私被剝奪的不適。

幾個月後，用錦文呼叫器找他的人逐漸消失了。而她用代碼66呼喚他，他也不回電了。那個呼叫器號碼似乎又回到她一個人使用的狀態。但是她還是不時試著呼喚他。她撥打自己的呼叫器，輸入他的代號，一會兒見到自己的小黑盒震動閃光，浮現66。她靜靜地坐在家中電話旁，什麼也不做，只是等待。電話總也不響鈴。

有幾個夜裡，人兒花鳥都睡著，她光著腳丫摸到電話旁，又撥了B. B. Call，呼叫66。

在深深重重的黑暗中，她見到自己的小黑盒震動，發出微光，上頭顯示66。

隨著手機出現，錦文在香檳色小海豚和孔雀般多彩的易利信中猶豫；很快地，她去買了有智慧會拍照可聽音樂下載app的手機。我愛你我想你很容易，貼圖就好。

於是，隨著時代輪盤的推碾，看電影看到一半突然B. B. Call震動，她掙扎著要不要中斷電影跑出去找公共電話的窘境，成為遠古時代的事。

錦文有個漂亮卻怎樣都沒有辦法與誰交往的朋友，她有時會哀號自己怎麼沒機會戀愛，其實根本沒辦法相信自己會真正被誰愛。那個開始看韓劇之後，變得快樂，每看一齣戲就覺得自己和劇中高帥又專情的歐巴戀愛，那身心的快樂如同真的戀愛，不，比真的戀愛更好，因為，歐巴不會傷害你。

她喜歡李敏鎬，還加入Line上李敏鎬的台灣官方帳號，定期收到李敏鎬的活動訊息。

「我昨天和李敏鎬通Line。」她一邊整理看過的雜誌一邊說。

「那個是官方粉絲團帳號，你神經病嗎？才不會有人回你，你有病呀。」錦文瞪大眼睛喝斥。

「李敏鎬回我Line了。」

「你見鬼了，哪可能！」

她眨著美麗的大眼睛，把她的手機遞給錦文。

錦文看著朋友和李敏鎬的對話。

「夜深了，我很想你，今天白天台北好熱哪！」

「最近我正忙拍連續劇《神醫》，會以帥氣將軍的模樣跟大家見面，敬請期待吧！」

「韓國和俄羅斯那場足球賽你看了嗎？我看了轉播，要是能和你一起看就太完美了。」

「光是想到你就會有滿滿的力量，謝謝你一直在我身邊支持我！」

「你在幹麼？」她問李敏鎬。

「我不會寫情書，但是我會寫出充滿愛的真心字句……」

「我昨天落枕。」她傾訴。

「今天天氣好，好想和你一起去野餐喔！」

「我去睡了，晚安。」

「最近我正忙拍連續劇《神醫》，會以帥氣將軍的模樣跟大家見面，敬請期待吧！」李敏鎬重複了。

錦文幾乎顫抖，急著想找些刻薄的話奚落她免得眼淚迸出來，可是做不到。

那女孩一定察覺到了，因為她擺出要潑的臉色：「怎樣怎樣你看李敏鎬line我啦！」

錦文想起遠古時期深夜裡孤單發光震動的小黑盒。

女孩都在黑暗中自己呼喚了自己。

Not Correspondent

那隻鳥，
怎麼老向渴望雨點的太陽飛去呢？

燒毀溺斃，淹沒消散，
順序大抵如此。

生日會

結婚前一週，小仁突然告訴她一件往事。

十歲的小仁從生日會回家，小小的臉看起來一點也不高興，有種難堪與失敗。真是驚人，在十歲小孩的臉上出現了這樣複雜的表情。

小仁沒說什麼，蹲坐玄關正脫鞋，他的母親已經扯著嗓門說起來：「什麼生日會，人家根本沒邀請他，就這樣買蛋糕自己巴巴地跑去人家家裡，結果人家早就請了幾個同學在家吃飯切蛋糕，他就這樣傻傻地自己跑去……」

小仁嘴唇有點顫抖，大大的頭大大的眼睛要哭要哭的，又忍了回去，變成倔強與抗拒的神情。

他回頭直直地看著他的母親，嘴又抽動了一下，什麼也沒說，走回自己房間。

而他的母親還一再對客廳裡的父親大聲重複：「人家根本沒請他啊他自作多情。」

我轉動著無名指上的白金戒環，把玩遙控器，問小仁到底發生了什麼事。

小仁讀的私立天主教小學班上有個習慣，生日的小朋友帶著一大袋糖果，分送給班上每個同學。程序往往是壽星小朋友帶糖果上學，先報告老師，老師會在下午某堂課時說，某某小朋友今天生日，帶了糖果請大家。於是大家會鼓掌，壽星親自分送班上每人幾顆糖。大家獲得糖果後，又為壽星鼓掌一次。

小仁從來不曾在自己的生日分送糖果，一方面因為害羞，一方面是他的父母都覺得沒道理生日要壽星買糖果去班上請客，多餘又浪費錢，他的母親認為這是陋習，是鼓勵私立學校潛在劃分階級感的行為，而他的父母在生活中最貶抑的正是社交行為。他們告訴小仁，人類社會中的社交行為多是虛情假意，人們無聊無趣，社交多是裝模作樣。他的母親崇尚的價值是個人成就與努力上進。

小仁記得母親這樣說：「當你位置高了，人們和你之間，自然會找到合宜的距離與情意表達。世界上其他人都是假的，只有自己與家人是真的。」

母親早早這樣敦促小仁。每次父親要出門時，媽媽也會說同樣的話。

小仁在理智上覺得，生日不分送糖果其實沒什麼太傷感，他天性中並沒有一定要加入小團體或一定要受歡迎的渴望。只是偶爾一兩次，小仁有點羨慕，若能藉著分糖果和同學多說點話，尤其是和自己喜歡的同學變得親近一點也很好。

但沒有也沒關係，送糖果這種事情基本上很娘們。

四年級的時候，和小仁每天搭同班校車上學的同班同學文修生日。小仁家和文修家在同一條路上，只隔兩個巷口。文修和他哥哥每天同進同出，兩人看起來都是高而穩重的男孩，功課好卻沒到連連第一那樣令人覺得難以親近，他體育也好，友善卻又帶著點距離，那使他更有魅力。文修生日那天帶了糖果到學校，最後一堂課時在老師的主持下，發了每人兩顆糖。文修發完糖果站上台，在大家拍拍手後向全班道謝，他笑著說：「放學後歡迎班上同學到我家玩，和我一起慶生。」

糖果發完後，放學時間到，小朋友紛紛搭上不同路線的校車回家。

小仁歡樂鼓舞，回家後告訴母親要到文修家慶生。小仁母親雖然有套對社交行為的論點，但也不可能阻止孩子人生沒有社交活動，小仁換下制服穿上襯衫小短褲，在走往文修家的路上，媽媽帶小仁先繞去買了上頭綴有草莓與蜜餞的奶油蛋糕當作禮物。

小仁笑嘻嘻的，不知道為什麼他好高興，走去的路上一直掛著笑，他平時不是這樣笑嘻嘻的孩子。

按了門鈴，文修媽媽開門，小仁臉上掛著的滿臉笑突然凝結，逐漸消失，他的嘴唇微微張開。

文修家餐桌早就坐滿了七八位班上來的小朋友，他們正在吃東西，餐桌上擺著漂亮的大蛋糕，上頭點好了蠟燭，看起來正要唱生日快樂歌。小朋友們一齊看著站在門口的小仁，因為驚訝而沒人說話。

小仁覺得自己像不速之客，不，從大家的表情他明白，自己就是不速之客。

文修媽媽看到這瞬間變成靜默的場面，忙著接過小仁遞上的蛋糕，邀小仁與媽媽一塊兒進門：「進來快進來一起吃飯，沒想到你們還買了蛋糕！」

餐桌那頭的小朋友小小聲問文修：「你邀了小仁嗎？你沒邀？那他怎麼會來？」

小仁低頭脱鞋，遠遠望到文修搖搖頭又聳聳肩。

文修朗聲歡迎小仁，搬了張椅子擠進本來坐滿滿的餐桌，大家幫小仁加碗筷，倒果汁，拿餐巾紙。小仁加入後，在初始的尷尬過後，小朋友似乎很快又恢復鬧騰。小仁又開始笑了，和人一起歡鬧還是好玩的，只是剛剛發生了一些他感到委屈又憤怒又還不太完全理解的事。其實，他也還分不清楚自己是高興還是不高興，他沒有辦法判斷情緒，不過他笑著還仍覺得肩上有點沉沉的。

兩位媽媽靠牆聊著孩子學校事，看著生日會舉行。文修媽媽幫忙熄燈，因為大家要唱生日快樂歌，吹蠟燭，文修許願。

眾家媽媽們陸續來接小孩回家，小仁的媽媽也帶著小仁離開。

回家的路上媽媽和小仁沉默著。小仁覺得高興又覺得有點羞恥尷尬，他還是弄不清楚。

媽媽打破沉默問小仁：「人家根本沒邀你去吧，剛剛那些先到的孩子，他們才是文修真的邀請去參加生日會的吧？」

因為媽媽的質問，小仁剛剛還不確定心中模糊的、不知合理與否的羞恥感，真正具體成形，有了實感。

小仁的臉僵掉，一陣想哭的感覺湧上，小仁辯解：「他邀了我，他邀了。」

媽媽問：「那文修怎麼沒告訴你幾點到？為什麼你到的時候其他小朋友早就到了，而且那裡原本沒有你的位子？」

小仁惱羞成怒握緊拳頭：「不是這樣，不是這樣。」

媽媽又問：「那你告訴我他怎麼告訴你的？」

小仁不明白身體裡那灼燒的感覺，那種既憤怒又軟弱的感覺，究竟是文修還是媽媽。

憤怒與軟弱交替幾次後，小仁陷入沮喪：「文修在班上發完糖果後，說歡迎班上小朋友放學後到他家一起慶祝生日。」

「所以我去了，這是邀請。」

「那是他在台上說說，是社交言語，但是他沒私下來告訴你，等一下來我家，對吧？他明明就私下邀了其他小朋友，你卻自己跑去。」

小仁真的想哭，但忍著，他開始覺得媽媽討厭。

為什麼突然想說這件事？因為要結婚了嗎？她問小仁，因為想到將來生小孩，想聊聊教育或溝通是嗎？

她看著小仁挺直的鼻樑，側邊鬢角有點灰色參雜，小仁少年白得很早。

小仁的身體突然鬆了，摟她的肩，輕輕笑了聲。

他又坐直，離她稍微遠點，眼睛靜靜直直地望著眼前的地板：「不知道，我只是覺得我應該把這件事說出來。我總覺得該告訴你，如果你有一天覺得我不夠愛你，或者我愛你卻突然厭惡你，只要給我幾天就好，給我幾天一個人我就會恢復。」

小仁說：「我想我愛你，我想我確定我愛你。我有時覺得我定期感受到的厭惡，和當時我感受到的，簡直一模一樣。」

女同事

每天的例行主管會議至少開三次，隔壁部門的女主管固定坐我旁邊，她每兩三天總會來這麼一句話作為開場白：「你這樣的女生怎麼可能沒戀愛？」

我老實回答：「沒有人可以戀愛。」

「怎麼可能？你騙人啦，不想講就算了。」

「真的，」我很坦白：「出了學校後我的人生就是工作，我不和工作上的人來往，過了求偶高峰期後，更沒機會認識誰了。」

現在想想我過分老實，人家又不見得買單，只是把這種對話當作社交開場白，她不是真的在意你是否有伴，也不是真的關心你生活。

但這樣更討厭啊，難怪這個女主管老忘了這話兩天前才講過，問了我的終身大事就順口講公司最新人事八卦。

當她又滑著手機，低頭看全家福照片，像背熟般的台詞又脫口而出「你這樣的女生怎麼可能沒戀愛？」時，我起了反抗心，甜笑回：「不如你幫我介紹男朋友吧！」

看起來總是非常關心我終身大事的她，突然警戒上了臉，竟然還不自主地翻了白眼：「哎呀怎麼可能，我哪有什麼本事幫你介紹男友。唉你一定很挑，你不好找人啦，我怎麼可能認識你看得上的……」

我緊咬著不放：「喔不不不，就是因為每個人都這麼想，所以我才沒有男友。你把手機通訊錄點開，裡面有上千人，怎麼可能連一個能介紹給我的都沒？」

「我堅持！」她往後縮，我卻往前靠：「在這個辦公室裡，只有你這麼關心我，你不可能連給我一個名字一個電話號碼都做不到。」

她沒料到，我在她臉上看到了驚訝、尷尬，以及厭煩。

我沒放過她，會議結束後我們回到各自部門，我發了訊息給她：「等你喲！」

那天晚上她撥打內線電話給我：「我找到一個人，很合適你，這男人聰明又對藝術感興趣，剛和女友分手，我等下打電話給他，你們加加臉書什麼的。」

她問：「你不在意學歷沒你高吧？還有，你不在意他沒工作吧？」

我還沒回過神就唏哩呼嚕地低聲回「不在意」，說了就心虛，因為我沒好好想過自己在意不在意，更沒想到她會真的介紹。

莫非我一直太過小人之心了，有點不好意思。

二十分鐘後我電話又響了，隔壁部門女主管說：「對方男生說他早就聽過你哦，但他不能和你交往，他說因為你的條件比他好，而且他失業到現在快半年，雖然我說失業有什麼關係，但他說他不可能給你幸福，最好連開始都不要。」

「嗯，」我還是傻傻地：「我知道了，沒關係哪！」

「唉，我可是為你盡力囉，你本來就很難！」

之後那隔壁部門女主管看到我，沒以前熱絡，也不太瞎扯，生怕我要怎樣無恥騷擾似的。幾個月後她忘了，又笑嘻嘻地重蹈覆轍：「怎麼可能？像你這樣的女生怎麼可能沒戀愛？算了你不想說就算了！」

我又上火了，咬著牙：「你幫我介紹吧，難道你就只有上次那個男生嗎？」

她立刻不耐煩：「我哪來合適的？」

於是我也搬出同樣的台詞，這次加上眼角含淚：「在這個辦公室，只有你關心我，你不可能連給我一個名字一個電話號碼都做不到。」

她板起臉準備開會報告。

她疏遠我，我卻真起了玩心與惡意，開會時又小聲問坐在旁邊的她：「名字呢？電話呢？你通訊錄中連一個給我的名字都沒有嗎？」

她深吸氣忍住：「先開會，我今天事多。」

我得意洋洋地覺得自己玩弄她相當成功，在工作空檔中竊笑。

內線電話響了，是隔壁部門女主管：「我真是為你盡心盡力，我有個大一同校的男生，他熱愛音樂與電影，真是和你合得不得了。你們都是藝術掛的，你不會在意什麼條件或別人眼光吧，這人和你一定合拍。」

因為太意外太驚嚇，我傻了好久終於擠出：「啊，好，謝謝……」

男生取得我的聯絡方式後，倒是快速地每天傳訊息來。我本來想整那女主管的，這下子搞得尷尬又麻煩。特別是那男生總是要問我哪部電影或哪部小說的看法，這真是世界上我最懼怕的事。我老是已讀不回，或者問五句答一個表情符號。

幾週後，我反省自己的行為，幼稚小心眼又彆扭，更糟的是我可能因自己的彆扭而傷到別人的心。也許，我應該好好和這個男生溝通，多認識個朋友，也許，誰知道呢，和文青交往也許並不如我想像得恐怖。更重要的是，女同事可能只是外表看起來不懷好意，其實心地不賴，我以後不要老把別人想成壞心眼。

我主動敲了他。

「我以為你不想理我。」他這麼寫。

「沒，真抱歉，我前陣子太忙。我打電話給你，我們好聊天，可以嗎？」

我打電話給他。

他在電話中告訴我，他今天看了三支片子，都是重溫讀書時喜歡的經典電影，他覺得百看不厭。

「一天三支片子，你不工作嗎？」我問。

「工作……」男生說：「我們的介紹人沒告訴你嗎？我沒有工作，嚴格說起來也不算失業，我一點也不想工作，我反對體制對人性的迫害更憎恨資本主義。我在家裡快六年了。」

「啊，」我小小聲地，生怕傷到他自尊：「生活還行嗎？」

「我開銷又不大，從不奢侈浪費，我住我媽給我的房子，我姊會給我生活費。」

我猛吞口水。半小時前那場關於我太小心眼的自我反省與自我譴責，開始動搖。

「所以你大學時期看很多電影？你讀文科嗎？」我問他。

「我讀的是會計。」他說：「但嚴格說起來，我也沒有什麼大學時期，我念了一年就休學不念了。我不喜歡大學，那種教育方式我才不覺得需要念，我何苦為了文憑……」

「聽說你寫小說對吧！」他又說：「其實我想過，如果我寫小說，寫完之後我根本不會出版，重點是我完成了作品，我知道我做了什麼，才不需要市場或他人的認同。」

我突然變得非常溫柔和藹，因為大致了解狀況了。

而我半小時前的自我譴責，已經經歷動搖、崩潰到完全回收、徹底消失的狀態，我才沒什麼好自我譴責的。

正因此，我笑嘻嘻回答那男生關於小說關於電影，相當禮貌親切。

那男生可能因此會錯意了，聲音突然放慢放低沉，情意滿盈：「你真可愛，我本來還想，ＸＸＸ怎麼會作媒介紹我們倆認識，就一般人的眼光我們倆根本不可能。」

我靜靜在這頭笑了，一半是嘲笑自己：我以為我玩弄人家樂的，是反過來了。

「我們倆，真的合適嗎？像你這樣在大企業當主管，能力強學歷好的女生，一般人都會找個和你工作求學背景相似的男人給你吧。」男人低迴，不無自憐地：「我長相也許還行，可是大學沒畢業，長年沒工作，我本來一直懷疑她怎麼會把你介紹給我……」

「答案很明顯呢，」我溫柔得不得了：「她非常討厭我啊。」

月光光

貓姊和我走進小馬的店，和多年以前一樣，一個客人也沒。

小馬的店總是冷冷清清，就算到了週末夜，也很少滿座。今天是週間，真是空蕩蕩。看到久違的朋友走進，小馬一愣後咧嘴笑，立刻要我們上吧台坐，陪他聊天。他進廚房為我們弄東西，沒兩下回來問我們要不要加水，接了電話回來自己開了瓶啤酒和我們一起喝。

我們總是帶著笑意，說話的空檔也因為高興而不顯得尷尬。這些年我幾進幾出又回到當年每日詛咒的公司，幾年後又離開，因為工作過量身體很差，常常耳鳴心悸。貓姊當年是將黃長壽夾在T恤肩膀處騎車的逍遙女，現正準備律師考試。小馬白頭髮多了點，同樣守著這間酒吧，同樣夜半聽陳昇伍佰，同樣興致來了朗讀自己的詩。

重溫舊夢正開心的時候，長髮女孩推門進來，白色雪紡上衣黑色緊身褲，沒好氣地打量貓姊和我，走到遠處一桌坐下。空蕩蕩的店裡終於有了另外一個客人。

小馬除了送飲料去那桌，一直留在吧台陪著我們敘舊。

女孩突然出現在我左手邊，對小馬說：「我有事和你談，你過來一下。」

貓姊正在講她本來打算考商用不動產證照的課程，沒想到小馬冷著臉對女孩說：「你要加點什麼嗎？如果不是的話，我正在和我的朋友聊天，請你別打擾。」

女孩發脾氣：「我說我有事和你談！單獨！」

小馬說：「你要談什麼，就這樣說，要不然，我今天有朋友，請不要騷擾。」

女孩殺氣騰騰走回她那一桌，小馬留在我們這邊。現在說到有一次我喝了一杯紅酒就爆發全身過敏，扎扎實實是全身不假，從額頭到腳底，每一寸皮膚都起了密密麻麻紅疹。

然後女孩猛地坐過來了。

她甩下包包，一屁股坐上我左邊的高腳椅，激起一陣氣流。

嗨。我對她笑。

嗨。她對我笑，假笑，白我一眼：「不介意我加入你們吧。」

歡迎啊，貓姊和我很海派地說。

小馬看她坐下，沒好氣地看著我和貓姊，我們決定當沒事一樣繼續我們的夜晚。

瞎聊什麼也不太記得，只是很高興。我其實也鬆了口氣，因為女孩現在看起來好像擺脫了剛剛的怒氣，竟然也加入我們說說笑笑。

沒想到我這個念頭才起，女孩就湊到我耳邊：「你現在離開好嗎？你現在買單，立刻離開，還有你那個胖子朋友。」

不過她的話剛好落在音樂的空檔，因此每個人都聽到了。

我抬眼用眼神徵詢小馬的意見，他忙不迭地比出求求你千萬不要走的手勢。

為了朋友，我只好擠出姊姊般的親切笑容對女孩說：「你們要談什麼自己去那邊談，我想待多久就待多久。」

「只要你們在，他就不會過來找我，他只會和你們說話，你們怎麼不走！」

我當作沒聽到，繼續和右邊的貓姊說話，現在講到她母親的身體微恙，前陣子貓姊幾乎兩三天就陪她去醫院一趟。小馬則說起他離婚後，孩子叛逆，老是惹事，本來接學校來電，後來接到警察來電。

女孩好一會兒不鬧了，剛剛幾次要潑不成，現在只好忍住氣，和和氣氣和我們聊天。女孩應該恢復正常了吧，我猜想，因為女孩現在正一副交心模樣，說她寫過小說，剛去波士頓玩回來。女孩問我和貓姊認識多久，和小馬認識了多久。

言談之間我發現幾次女孩直勾勾盯著小馬，小馬避開她眼神。也許她和小馬真的有什麼，小馬逃開了。也許小馬碰上愛慕者，癡纏不休。我不免感傷，等女孩老一點點，就會知道小馬這種男人很不靠譜。

女孩和我們談笑，我以為沒事了，至少不要在我眼前有事。我正和貓姊爭辯咖啡究竟會不會讓人變癡呆時，女孩猛地扯我的肩。

她變臉速度驚人，剛剛的笑臉成為尖尖利利的攻擊狀：「你就是不肯滾嗎？你一直不肯滾是為什麼？你死不肯走。你和小馬有一腿？你和我搶？」

「我和小馬沒有什麼。我不走是因為小馬不想和你獨處，剛剛他拜託我們留下來，而他是我朋友，另一個原因是，我們是客人，想什麼時候走就什麼時候走。」

「你憑什麼破壞我？你改天再來啊，這些爛貨老女人！」

女孩突然對我做出媚態：「你旁邊那個胖女人，我告訴你，她其實喜歡女人，我在其他地方遇過她，她騷擾我。你不知道她是這種人吧，喔天哪，你甚至不知道她喜歡女人對吧，因為她從來沒把過你！」

我對她連剛剛想像出來的一點同情都消失了。

我於是抬頭瞪著小馬，意思是你好好處理。

小馬對那女孩開口：「不要騷擾我的客人，你不能闖進來就趕我的朋友。」

小馬一開口，女孩的氣勢就軟了一半，閉嘴按捺自己。

對我那麼惡劣野蠻，小馬兩句話就讓她閉嘴。

女孩沉默，但仍守著我左邊的位子不走。我和貓姊繼續閒聊，當女孩是空氣，我再也不願基於禮貌拉她進入我們的談話。我討厭沒禮貌的人，我討厭女人為了男人欺負女人，我討厭任何人用性向、年紀和外表羞辱人。

沒想到安靜好一陣子的女孩突然又推了我，我深吸一口氣，轉頭看那女孩。

「怎麼了？」我還是想裝出親切的大姊姊模樣。

「你是不是以為自己長得漂亮？」那女孩輕聲一笑，語帶撒嬌，親暱地蹭了蹭我的上臂，剎那之間臉部表情的恨意十足，展開攻擊：「你想想你幾歲，你很老了呢，幹麼晚上還要出門喝酒，你應該回家睡美容覺好好保養才行。你知不知道你笑起來，眼睛下面都是皺紋！嘖嘖嘖……」

如果是要激怒我，好讓我生氣走人，她成功了。

我又深吸了一口氣，再度擠出大姊姊微笑，看著她挑釁得意的臉說：「聽清楚喔……」

「我年輕的時候是年輕的美女，我現在是個老的美女……不過，你可就不同了喔！」我刻意停了一拍，從上到下端詳她的臉，緩緩搖頭：「你現在這麼年輕，就明顯是個年輕的醜女，將來你老了，可預見地一定會是個老的醜女。」

十分鐘後我和貓姊走在夜間的新生南路吹風。貓姊說：「我認識你十幾年，從來沒見你這麼惡毒……」

「我只是用她罵我的邏輯回罵了她，讓她明白自己做了什麼。」我傷人其實很不開心，捏了貓姊的臉：「你喜歡女人也不准和那種東西交往，知道嗎？」

我們摟著彼此，嘻嘻笑笑搖搖晃晃走在月色中。

道場

滿滿都是人，小敏領著我們穿過地板上眾多盤腿而坐的男女，走到這角落，要我們也坐下來。確認我們坐好，小敏又起身和屋內的這位那位打招呼，她喊他們師兄、師姊，當她回到我們附近才坐下，上師就進來了。上師穿著黃袍，戴著厚厚鏡片眼鏡留著小鬍子，留長頭髮的上師。

他坐在屋內中央的大桌後，環顧屋內，似笑非笑：「今天來了這麼多人！」「為什麼你們要來這裡呢？」上師說：「為什麼你們不回家看電視呢？難道整天上班還不夠累嗎？下班為什麼不去逛街看電影？為什麼不去夜店喝酒玩樂呢？」

師兄師姊們嚷著：「不不，我們想來這邊，想來見您！」

上師說，這麼多新面孔，都是誰帶來道場的？於是，一位師兄介紹身邊的朋友，是同事，另一位胖胖師兄指著身邊人，說是桃園上來的親戚，因為家人生病想來看上師。一個挽髻的師姊笑說，她帶老公小孩一起來，另一個穿熱褲的時髦辣妹說她上週來過，覺得有莫名的緣分牽引感動，於是又來了。小敏則滿面春風地指著我們告訴上師，說這三個都是工作上認識的好友，都是搞文化的，想來認識上師。

上師朗朗說：「這麼多困惑嗎？人生的困惑真有這麼重嗎？」他說，要修啊要修，要內省，要知道為什麼糾纏難解，要修啊要知道自己遭遇的困惑藏因果。

上師要大家說說自己的困惑。

我本能往牆角，想摸手機出來玩，小敏瞪我，小聲斥我沒禮貌，不准玩手機。我忿忿把手機放回包包，悶想著下午就不該答應跟她來，可是不知道怎麼拒絕朋友，特別是她那樣誠摯地看著我的眼睛說：「相信我，你需要的，你的心你的靈魂都需要的。」

就這樣，我們就跟著來了。除了好奇，除了友情，是的，我想我的心和靈魂都很困惑且飢餓，也偶爾猜想若是有人能指點或者拯救我該有多好。儘管，不知道為什麼這些年來身邊到處都有認識的友人去這個道場去那個道場，彷彿某種流行。不過，我的確好奇，熟女小敏，聰明刁鑽，見多識廣，可不是好呼攏的人，一般道場靈修團體什麼的應該迷惑不了她，她卻對這位上師對這個道場另眼相看，說這裡很不一般。這裡應該有點什麼不太一樣的地方吧，大家一起來開開眼界也好。

一個穿藍襯衫的男人對上師說起妻子怪病，治療半年不見起色，妻子苦孩子苦他也苦，醫生究竟可不可信，他也不知道。上師沉吟許久，說他看到一些東西，但不方便在這眾人之前說，上師要男人明天上午單獨再來見他，他會私下說。男人旁邊是對體面的白髮夫妻，上師問他們想談什麼嗎？那對夫婦說沒有，只是想追隨上師好好讀經修行。上師轉頭看到小敏，帶著笑意逗小敏：「不是老跑夜店找朋友聚老喝酒嗎，怎麼又來道場了？」

小敏臉紅說：「不喝酒不玩了，遇到了上師，生命開了新的機緣。」

上師哈哈大笑：「這裡，也可以喝酒啊，也可以唱歌啊！信不信你們喝酒唱歌我就可以看到你們真正的樣子！」

我瞪大眼睛滿腹狐疑，在道場喝酒唱歌？這可是第一次聽說。可許多來過這裡多次的人跟著笑，彷彿不意外。

上師說，他這裡和別處不同，他弘法的方式也和別人不同：「硬是叫你們不要去那些地方，你們做不到對吧，那麼，就在這邊在我面前做吧。」

我覺得這場面令我難受了，扭動身體，告訴朋友要先走，我要從旁邊溜出去。幾位師兄師姊搬了卡拉ＯＫ與麥克風進來，還有移動式酒櫃。上師說：「你們若徘徊困惑於要到外面的夜店貪玩打發人生，還是要來這裡好好修習人生功課，你們也不用掙扎，不用立刻決斷。我這不是把喝酒唱歌的東西都備好了，你們就在這邊喝，就在這邊唱。我讓他們調酒，不要去外面聲色流連，在這邊喝。」

我前面幾個人窸窸窣窣地讚嘆：「是法門，是法門，上師獨到。」

師姊調了好幾杯色彩繽紛的調酒擺桌上，上師要小敏去端一杯：「你喜歡喝就喝我請你，對了，你帶了朋友來，第一次來是吧，我也請你的朋友喝。」

小敏回頭，看到我拿了包包，屁股離地，便大聲喊：「不准走，喝了上師請你的酒才行。」

整場男女這下盯上我，我尷尬堆著笑：「明天一早我要開會，真的要先走，真是不好意思。」

站在上師身旁一臉溫和素淨的師姊臉色突然變得淩厲：「上師請你喝酒你竟敢

不喝！」

這聲斥責讓我脾氣上來了，覺得自己本來就是路過客，又不是你們一份子，才不管這裡誰上誰下誰的命令要守。我把包包揹上身。

小敏也加入了：「沒禮貌的死小孩，上師您別生她的氣。你就喝吧，沒禮貌！」

我賭氣站住不動，也沒打算屈服。我其實有點忐忑，因為不明白整場突然氣氛凝重，怎麼都看著我，一臉不以為然，好像我是個不識相的頑劣東西。

一位師兄搖頭：「畢竟是年輕啊年輕，人生的體悟還沒到，還不到時候。」

上師突然笑了，我明明看到他眼神銳利：「這位新來的朋友很可愛啊，我請你喝杯酒，喝完你就離開沒關係的。我們這邊和別地方不同，很自在的，不勉強人的。」

小敏走過來把一杯藍色混著黃色的調酒端給我，我只能接過來，默默坐回地上。

剎那之間大家又恢復和樂融融。

上師又問穿著花洋裝的女人：「我看你來了好多次，究竟有什麼疑問呢？」

女人不說話，突然間咯咯笑：「就……就……遇不到好男人啊……」

上師問她：「那麼你想遇到什麼樣的男人才算好男人呢？」

女人突然花枝亂顫：「像上師，像上師這樣的男人！」

整場都笑了，上師也笑但不回話。幾個師姊鬧著玩：「這世上哪可能找到像上師一樣的人，當然找不到啊！」

我看大家笑得更大聲，只覺得非常恐怖，嚇得坐直了背。

上師問誰要拿麥克風唱歌，沒人想唱。他們臉上有種慈悲高超的表情，一心認為在道場唱卡拉ＯＫ是上師要感化冥頑份子的法門。他們已經不需要了，只有全身仍然泡在世俗悟性低劣者才需要。

小敏活潑開朗地跳起來，自告奮勇，要帶動氣氛，說她來唱第一首吧。

她唱了劉文正的〈三月裡的小雨〉。

我又悶了，不明白小敏為什麼要扮開心果，為什麼要討好什麼師兄師姊，還有上師。我也氣，我根本不喝酒，更不想喝手上這杯看起來像人工色素調出來的東西。

小敏唱完了，熱情洋溢地看我又喊：「上師，我朋友唱歌很好聽喔，她就是上師說的愛玩的那種年輕人喔，我們讓她來唱歌吧！」

我又嘔又急，猛搖頭擺手。

上師看起來興致很好：「可愛的新朋友你來唱首歌，唱首歌，喝完那杯酒，你就可以離開。」

一看上師興致高，師兄師姊便活潑了，對著我猛鼓掌起鬨，還有人吹哨。

「不行……」我咬緊牙關，猛搖頭又擺手，臉紅了：「我……我……」

那位溫柔師姊的眼神又突然嚴厲了：「上師都開口要你唱了，你竟然不唱。」

我猛地起身，包包刷地甩上身。這次我很確定，冷冷地說：「不，我不唱。」

我站直，穿過滿室席地而坐的善男信女，走了出去。

寫小說

他汗味夾著菸味的胖黑身體壓在她身上喘著，他的指甲裡頭有黑黑的髒汙。

她想起剛剛他靠著她說話，他嘴裡的牙齒一顆一顆被菸熏得焦黃黯黑，他的眼珠子青白混濁，好似眼球就要塑膠化的前兆，他兩頰粗大的毛孔，洞洞風化成滴不出水的乾渴岩坑，他可能以為自己還年輕，或誤以為歲月給了他的是歷練與成熟。她看得出他那條牛仔褲形有種模仿與變形的意味。作家剛剛說著小說創作的珍寶如明月之光，他的唾沫細細積在口角，他那朗聲戲劇化之中，她聽到一點點好臉並好扮領導人的虛張聲勢。

但她管不了那麼多了。

他的氣味熏得她有點昏，他穿的襯衫近看像蒙了層灰，他拚命說話，關於吾輩創作者的宿命與哀傷。她豔羨地望著他侃侃而談，談他在另一古城市寫作時親眼所見的斑駁歷史，那風光霽月，她當然也一度懷疑他的口若懸河是不是因為不懂聆聽，就像多數喪失了幻想能力的中年人一樣，緊捉著一個可以棲息的道理，就毫無柔軟地，強化口氣反覆播送出去。但她又覺得是自己多疑，是她先天性的憤世嫉俗導致，畢竟他是作家，是那樣了不起的一個作家。她覺得他不如她想像，但她責怪自己人不可貌相，能寫出那樣高華椎心文字的人，不可能是低俗骯髒的，至少心不是髒的。儘管她覺得他似乎有點表裡不一，那也應該是出自緊張焦慮，一個作家應該不至於欺世。

美麗的心靈才會產出這樣美好的文字不是嗎？她這樣告訴自己，不肯去想其他的可能性，這樣一個美好的心靈才會明白她，從千百人中選中她，與她相契相合。他必然是她映照著自己的鏡子。

她卻又開始響起妒忌與憤怒的疑心。她記得她總是追隨他每一場演講，她望著他，她相信他在眾人之中一定會認出她來，一定是因為她的眼睛特別晶亮，她在眾人之中，他一定會找到她。

他的確找到她了，也與她相認了不是嗎？這不就是最好的例證了嗎？

她將自己寫的小說寄給他看，她在演講會後攔下他來問他。他可愛坦率地說沒看，她注意到他的眉心有撮小小的細毛糾結，但他允諾他當夜一定會讀。

他答應了她的邀約見面，寒天冷風店家的暖氣從旁蒸吹，她的雙眼戀慕急迫地追著他帶紫偏黑的嘴唇，她猜想那必然是因為他長年熬夜創作的結果。關注他的同時，她更焦慮著他對她的評語。

「這樣美好的眼睛美好的嘴唇美好的臉美好的手，執著於寫小說？」他搖搖頭露出理解溫暖的笑，大手輕輕搓著她的頭，他肥軟平庸的臉頰這時候露出了凜然的神色，彷彿某種更大的神靈透過他發言。他沉默，她想起自己剛剛還急著要他開書單給她，她想再用功一點，對她來說，寫小說似乎不可能只是拿起筆開始寫，沒辦法打開電腦開始按鍵，那段心到手指之間好長的距離，必定是因為她有一段路的努力不足，必然可以用閱讀分析與筆記努力補足。

「那些書你真要苦苦去讀？說不定只是讓自己陷入深淵？」她對他眨了眨不解的眼睛，他認為她不需要讀書就可以寫嗎？或者，他認為作家的關鍵是命定的才華，而不是苦學苦讀掉書袋的匠氣？還是他認為她讀不懂那些他在演講中提到的深奧的文學，他在輕視她嗎？他看不起她是因為她主動獻上，一定有千百個人要他看過稿子，是她寫的不好嗎？

他說他仔細反覆看了幾次她的小說，「其實你只要順著自己的心，順順當當地平平穩穩地，將發生在你身上的流金歲月記下便好，美麗甜蜜的人兒，自身就有感人的金光。」

「不用像我這樣，那些書我是認真讀了也仔細研究用功了。」他兩手一攤，「然後呢，為了文學，被那些經典吸入歷史人性的黑暗之中。你瞧瞧我賠出了什麼？每日每夜在那樣深沉黝黑的汪洋中，想喘口氣都憂慮。我想過我人生可能再寫就再一兩本了，那是我命定的戰場。你不需要像我這樣子，你有美好的人與魂命，在網路上寫在臉書上寫，都是種愉悅，順心快樂自會有回響，我多麼希望我跟你一樣，漂亮發光，處處是貴，生活之餘美人寫文章令人疼惜愛憐。你不需要遭遇那文學命運的襲擊與夜裡和魔鬼交換的考驗。」

她困惑了，他是讚她美，然而她心裡又感到某種不平與輕忽，他負擔文學命運的試煉，他必須付命定的代價成就藝術，而她只要閃閃金光地寫生活心情與追憶似水年華？她也說不上來，一定是她弄錯了，畢竟他那樣龐然穩重，他還是引領鼓勵著她繼續寫下去不是嗎？

她後來又寫了許多稿子要他看，一次一次的午後見面，冷啞枝頭彎著顫顫巍巍的霧氣，他讓她覺得自己一步一步努力向前的寫作，有了方向與重量。寫作這件事情，關於寫作指涉的她的未來，因為與他的相遇與提點，有了具體的輪廓與形狀，儘管是以他的形狀呈現的。

未來其實是掛在背後的，掛在眼前的其實總是過去。

我們一步一步踏開步伐走，我們自以為往前走，其實只是一次一次往過去裡往重複的洞穴那邊行走。

我們從來不明白，其實只要鼓起勇氣，憋口氣，一步一步往後退，便退進了未來。

儘管這要她二十年終於寫出小說後，才獲得證實的道理，儘管這是她二十年後才明白的寫小說的唯一技巧，如果二十年後她有幸真的寫出來。

她一度想要喊停，不想繼續下去，因為她敏感地察覺，儘管他的口氣老練江湖，那份振奮人心的溫暖其實有種指涉自己仍然雄性氣勢勃勃的造作，但明顯地，她的身體以及神經末梢嚴厲地警告她，這個拿筆的中年人，那荷爾蒙就是壞了，嚴重地餿了，眼睛與心臟都是死魚的肉一樣，不臭也帶腥，就像其他男人一樣。她也擔心他的什麼東西會留在她身體裡頭，她不太確定。然而他雙手握住她的頭，鄭重其事地吻了她的額頭，告訴她，孩子，加油，你要繼續寫下去，美麗如月光的女孩你要繼續，你是上帝選中的孩子，要寶愛你自己像上帝寶愛你一樣，你經歷這番人生就是為了寫，就是為了創造你小說中那個無與倫比的發光的宇宙。

她不知怎麼地，在過程中在意起他搓著她乳房的手指指甲縫有黑垢，還有她見到他頭頂上開始微禿的肉白色毛髮缺口，以及他廉價的便褲垮垮繫在肥大的腰上，讓洗到黃黑色的襪子露在褲腳外。她想轉頭避掉他吻她的口氣，然而，因為文學這兩個字，她仍舊咿咿呀呀地呻吟了起來，全身顫抖。

她想當小說家，她的人生到目前為止一敗塗地，但她知道這一切失敗只要能化成小說，所有的羞辱委屈就逆轉成為榮光。她正在寫她的第一本小說，寫了好久，碎碎片片記在筆記上，宛如一首首破碎的歌詞，如果能夠串起這些閃著薄光的文字碎片，閃耀的傳世之譽必定能夠成就一番太平盛世的明光，當然，那是她如果寫得完的話，可能不能寫得完呢，她突然焦慮了起來，一部小說都還沒出，從來不會有人當她是作家，可是他們不懂得她腹內的那份焦慮是貨真價實作家的焦慮。不，她一定要為自己做這件事情，她心裡自負又惶恐，只要寫完這部小說，也許她的人生就會一夕之間改變。

她坐起身，看著梳妝鏡中的臉，割過的雙眼皮深得如同深淵，裡頭水滿得蕩漾流離，眼皮那加寬過鴻溝上的深棕色眼影還在，假睫毛仍長長地眨著，她的整形醫生告訴她現在的雙眼皮不流行這款的，以她的細長臉型與削過似的鼻尖，她適合傳統的自然的縫合手法，淡淡地加一道雙眼皮，有神有影，就算不帶妝出門也精神。但她不要，她要那種老明星會割的雙眼皮，寬寬的一刀從眼頭劃到眼尾，她知道這種成果素顏上路人家容易看出她的大眼睛是人工的，但她不在意，她要往長遠看，等她寫出小說以後，她會成名，她的照片會登在報章雜誌上，到時候就必須要這樣深這樣大的雙眼皮才上鏡頭，這樣的眼睛只要上了一層深深的灰棕色眼影就搶鏡，她的雙眼會迷濛勾人，而人們會將她的美麗與她的文字融混在一起，將她視為為了文學狩獵奮戰的黛安娜。

如果她寫出來的話。

她其實在幼小的時候就曾經生出當小説家的念頭，她看著窗外的麻雀飛過，她的母親拿著鍋鏟在廚房裡忙碌，她心中生出一股傷感惆悵，流下眼淚，心裡生出要創造些什麼的念頭。是藝術是寫作，是那個超脫那平凡小公寓人生的途徑，那個由色彩筆觸構築的穿越時空的宗教，那個在文字裡頭由美妙高頻心思串流的天堂，那裡她會得到她的歸屬，那裡她會找到她的伴侶與朋友，在那裡的大家都與她靈犀相通。

她試著寫過幾次，她拿著自己試寫的短篇，給在文壇嶄露頭角的學長看，那學長説她故弄玄虛為賦新辭，她從他的輕笑裡頭看出不屑。她抹掉眼淚，繼續寫著，有一搭沒一搭，也許學長説的是對的，她沒有天分。她將幾次在夜裡寫的片段整理，投了文學獎，心想那些專家便可以看出她究竟有沒有才能。她投了一次兩次，三次四次，從沒進過複審的階段，她在文學獎公佈的時候，一個人蹲在騎樓下痛哭，也許自己真的沒有才華，自己從來就不是那顆被錯放在垃圾堆中閃亮的鑽石。她也許就活該在那小小的行政室裡頭送文件改錯字，和那些留著西裝頭下巴短小的俗氣男人成婚生子。

她想起她小時候躲開她那個總是貶抑她的母親，縮在被窩裡頭就著小小燈偷偷寫日記寫文章，那時候她覺得寫下來之後她可以從侵擾想死的挫折中爬出，有時甚至感到舒心，終於可以止住哭泣入睡。她那粗鄙的母親總是第二天翻出她藏好的小冊子在她眼前揮舞嘲笑她，仍然貶她損她，喲真能寫哪你，她母親唸著她昨天寫下來的椎心字句，她唸出來一字一句簡直就像羞辱似地打她的臉，她母親會指著她，照著小本子裡頭寫的說，你嫌我不了解你，你怎麼不想想你有什麼東西值得我了解。寫吧寫吧繼續寫啊你，就是會裝模作樣而已。

她以後便不太寫，寫在什麼地方都會被找出來，自己的心事自己的情感會被拿出來踐踏，沉默是金，反正沒人要聽。

而她在書店裡頭翻看的小說，那裡頭的人生死愛恨的，那是她的，沒有人能闖進去破壞的祕密。

她不知道那創造性的能量自此無從宣洩，在她身體流竄，無法適得其所表演，終至為惡闖禍，她的人生因此毀掉大半。

她中規中矩地讀了財經管理，畢了業存了一筆錢硬是學了法文考上藝術行政研究所，還沒畢業就愛上了跟她同齡的藝術家。她自己沒有能力創造，她覺得自己膽怯沒有才華，可和藝術家在一起，她感到自己彷彿參與了創造的過程，藝術家幻化抽象的概念成為物質的排列裝置，那整個過程都讓她興奮。那便是她人生的伴侶了，她看著半夜趕工參加展覽的藝術家，忙進忙出的嚴肅與瘋狂，她微笑著，她偷偷在他的皮夾裡頭塞了五千塊，她知道他剛起步，什麼都沒有，但她知道他將來一定會成為重要的人，而她好愛他，她起碼還有份薪水收入。

他應該是愛過她的吧，她想。

她記得他們夜裡站在昂貴的珠寶店外，他揉亂她的頭髮說，以後成了名賺了錢，會買這家店的首飾送她。店外澄黃的燈光照著紅磚道，像是天使降臨的金黃儀式。她踮起腳尖指著櫥窗裡頭的玫瑰金配上古董銀料的華麗復古胸針，這個這個，你以後要買這給我。藝術家撩了撩長髮，拍拍胸脯說沒問題，笑了起來。那真是天真美好不亢不卑的笑容。

他們手牽手繼續走下去，旁邊是名牌皮包，她指著裡頭的紫色皮質編織籐籃，要買這個要買這個。他又笑，好，也買這個。

旁邊是體育器材店，她看著裡頭精巧的小摺，問他，你以後可以也買這個給我嗎？買給我順便教我騎腳踏車好嗎？他說好。他指著這家店與那家店，他說，都給你。

再旁邊是國際的平價少女服裝店，她說，這個這個這個，黃色洋裝米白襯衫還有緊身牛仔褲。這次他竟然搖搖頭說，不買。她問，為什麼不買？他說，這家太便宜了，我要買好的給你。

她挽著他在這黑暗的城市裡頭走著，覺得自己被接納被寵愛，只要等藝術家上了軌道之後，他們便可以走這一生一世，還帶著很多顏色的人生。

她一邊上班，一邊幫藝術家收收信跑跑腿，有幾次她搬著電腦在他忙碌時，重新開始試著寫小說。她腦子裡頭有好多紛亂的想法，她不知道怎樣才能把它們變成一篇小說，她只能抓著腦子裡頭盤繞而去的簡單字句，一點一字一句一段慢慢寫。她感到沮喪且羞怯，益發對自己懷疑，怎麼會這樣呢，想寫的欲望已經逐漸淹過喉嚨了，而她的手指尖流出來的卻是這樣不成材的軟弱的斷片，連故事都不成形。

有一次藝術家見到她縮在他工作室的小角落裡頭打字，問了起來。她囁嚅著說起寫小說，並把自己的一兩篇字給了藝術家看。那男人很快地看了對她說，你跟著我就好，你好好地跟著我，我會照顧你，你知道你自己其實沒有才氣的，在我身邊幫助我，我們以後會快樂的。

她的心酸痛又被他感動，平凡如自己的女人，這樣的男人也會珍惜照顧。她跟他談起未來，儘管身上還沒有太多錢他們也模仿著尋常夫妻去看房子，他們堅信只要藝術家的才華真正被認識，足夠成家的財富應是不難的，那份傲氣與自信不知道是出自年輕抑是藝術的靈魂。那幾個禮拜他們看成屋看預售屋，她特別喜歡一個格局方正透著陽光的屋子，在裡頭看著就先微笑起來。

她對藝術家說，這裡好好，這個大廳可以擺放木質大桌插上花朵。也許兩面牆釘起來便是溫暖明朗的起居室。

藝術家也喜歡這房子，他說，這大廳是這房子最好的空間，自然是應該拿來當作他的工作室，畢竟他的事業才起步。

那我要在哪裡起居生活呢，你把最大的空間拿來當你的畫室？她開始心驚顫抖想哭。她想起他現在租賃的紊亂工作室以及他總是隨地彈的菸灰垃圾。

藝術家說，後面的那房間應該可以當作臥室，我們就睡那裡。

我們的家呢？這樣根本不是一個家的方式！她問他。

他兇起她來，如果我沒有我的事業，那我們還不就等於什麼也沒有。

他說，就先苦一點而已，你為什麼要這樣計算，你的薪水至少可以付貸款，頭期款你的父母可以幫忙嗎？其他藝術家在起步階段也都是比較辛苦。

她咬著唇沒說話。

他看她那模樣，便說，其實也不急著要房子。什麼都沒有談什麼成婚成家，等幾年後有點基礎再談也還不遲。

他們沒買房子，她倒是存了錢買輛車代步。

他做藝術常常要搬運作品，借她的車開，後來索性連鑰匙都拿走，他說，反正接送你上下班，你有人送就不需要自己開。他送了她回家就把車開走，跟朋友玩樂。睡太晚或太忙了不能接送她工作，要她犧牲一下，自己搭公車回家。他有遠地朋友來，他開她的車接待夜遊，說對方是重要的國外評論家。她的車她沒主控權，一次他的朋友把果汁灑在座位上，她第二天發現了不高興，藝術家便吼起她來，你他媽的是想怎麼樣。

他們吵架，他痛打她那輛小車的方向盤，然後把她趕下車。

他開走後，她站在街頭絕望，是她買的是她的錢，為什麼是她被趕下車一個人站在路中間？

他走後便沒聯絡，她一個人付車貸，車卻不在她身邊。

她想，人總是還要臉講基本道理吧，他不至於就把她車開走，就消失無蹤吧。

八個月後他終於打電話來說要還車，因為他的事業發達了，賣了，買了新車。約在書店門口領車，藝術家把車鑰匙丟給她，話都懶得說，她走去開自己的車走，反正對這人看透了鐵了心，自己的財產收回來就好。她走近那車才發現，車尾被撞凹了一大塊，他就這樣還她，不，他不想花錢修於是還她車。

她繼續開那車，但覺得自己的人生跟自己的車一樣，他吃定她的沒有自信並利用她的軟弱，什麼地方就被這個刺著藝術圖騰的人給弄髒了，就是弄髒了。

其實她也不能怪那人讓她寫不成小說，她畢竟從來也沒真正相信自己可以寫過。她只是想與眾不同，她只是想自己值得被愛，她只是希望自己腦子裡頭的幻想與小聰明，會被世人注視。她便不再庸碌遜色。她其實更希望，她裡頭的什麼東西是人家認為值得了解的，不像她母親說的，有什麼值得人去了解的廢物。

她真的不能怪誰，若不是她老亂買衣服，信用貸款加上卡債，她早就可以存夠錢，辭職回家，真正專心地好好寫小說，就像那些專業小說家一樣，他們為文學獻身，談自己的憂鬱症與為創作付出的人生代價。但是她這一季就花了兩年的薪水，只能交最低應付金額。上一張卡的欠費她轉成小額信貸，本以為認真處理完就可以擺脫債務，誰知道當季的秋冬新色，彷彿某種天啟召喚。

小說家跟她說起憂鬱症。

她總幻想著與誰有著下一場相遇，下一個純美的關係。就像她與文學，她幾次想要投入，卻老覺得自己不受歡迎。那一定是什麼地方弄錯了，時間地點或是頭髮的款式，她只要不斷地微調，總有一天文學會張開手臂擁抱她，甚至給她撫慰。

而她必須準備好戲服，那些服裝都是她迎接嶄新人生的配備。

她偶爾還是寫點東西，這次她遇上了小說家。

他筆下驚心動魄，刻劃人性由陰暗生長而出的罌粟之花的小說家，他是那一整世代的漫遊者與文學梟雄。

她聽他演講，報名上他的課程，將自己的小說恭敬忐忑地交給他宣判。

多年後，她想起他第一次在午後與她的見面，他說她可以寫，要持續寫，她拜託他開書單給她。

他看起來金陽一般大器爽朗。

她讀了他的書單，滿心震盪地寫下心得筆記，與他分享那些小說與當代生活的比對應用。而她還記得，他回應她，你只需要把自己心中所想所經歷的寫下來即可，你的美麗會讓這一切單單寫下來也會成為流年金光，嚴肅寫小說的痛苦與代價，你其實不需承擔付出的。

他媽的渾蛋其實她懂的，她假裝他沒看懂她假裝他對她的愛護沒有任何貶抑，她其實不願意也無法接受不願聽懂這弦外之音，她假裝自己感受到的挫折必然出自她對小說家這種高貴人種的誤讀。

她也假裝自己沒聽到，在他們一次一次的交合歡愛過後，她跟著他到每一個場合，她微笑地看著他在演講過後，小說家對每一位讀者與有志創作者，都慣常使用最高級的讚美與最戲劇性的溫暖接納，要對方繼續寫，要對方明白靈魂的重量與光芒。正如他當年對她說的。

縱使，他轉過身去告訴他那些已成名的、他認為真正是圈內人的小說家同儕，對這群粉絲可能是另一番評語。

她總是假裝她忘了這件事。

她記得那天是冬日陰雨的下午，他在咖啡廳讚美她，說文學因為有了像她這樣精靈般的讀者才有了生命，寫下去這事情是自己與上帝定下的盟約。而當她起身上化妝室時，她意外聽到小說家對著手機那頭的朋友說，跟個馬子在聊天，她想寫小說，長得可以不過那程度就是寫寫網路小說吧。晚上哥兒們喝酒唱歌，可以帶她過來啊，才氣就是普通但也很可愛很純，大家多多鼓勵她創作。

她補了唇蜜回座，虛弱而迷惘，整個人暈眩無淚。

人生在世，幸福總是突然而來的，你無從預期這份降臨的偶然。

但哀愁往往是有預感的。

而那份長長長的預感，通常都是正確的。

幾天晚上小說家壓在她身上的時候，她突然生出忿忿不平與慌張，她問自己這個長相骯髒平庸的男人以及他所代表的小說家同儕團體，她真的想歸屬於這些人嗎？是的，她渴望得心都痛了，但又突然出現一絲暴烈的厭惡。小說家在她身體裡頭衝撞的同時，她預見著自己腹內懷了一個變態的醜怪，而她不留這文學的孽種。

她等下回去要洗乾淨身體，寫小說。

書不見了

辦公桌上的書一直消失，一直有人持續偷我辦公桌上的書，但我察覺最近書消失的速度實在愈來愈快。以前通常是一個月一兩本，現在是書今天擺上明天就消失，這偷書的傢伙太誇張了，這樣的速度擺明簡直是偷得明目張膽，太不把人放在眼裡了。

我不是很確定偷書賊是不是同一個，他不偷芭樂流行書，他喜歡偷有名的華文當代創作及翻譯文學。如果偷書的總是同一人，他是照著文化版的出版介紹在我桌上拿的嗎？

有次在我電腦的螢幕與主機之間，塞了十幾本書，沒辦法因為我的書實在太多了，只好找空間塞。半夜下班離開辦公室前我排好書，次日中午過後上班，要準備開會，發現那排經濟書籍中唯一夾著的一本村上春樹被拿走了。《二十一世紀資本論》這種書，他碰都沒碰，喔，旁邊的阿莫多瓦電影論也不見了。我逐漸摸清楚，這是個文青品味的賊，哼。

我猜想辦公室同事對我桌上堆積如山的書籍，甚至淹到旁邊連無人使用的辦公桌上也堆得滿滿是我的書，肯定覺得拿走幾本也無所謂。一是因為書的數量太多，他們料想我肯定不會發現；二是因為他們覺得我是文化版頭頭，肯定會有源源不絕的贈書。但他們錯了。出版領域的業者我幾乎一個都不認識，到現在出了幾本書，仍然搞不清楚出版業的誰究竟是誰。出版公司一般只會送書給跑出版線的記者及副刊、書評版主編。加上我的主事風格偏偏又是不與業界聯繫，因為我覺得，自己誰都不認識不來往，可以以更為客觀的態度審視記者交上來的報導角度。

那麼，我桌上那片可怕的書海怎麼來的？主要是因為業界雖不知我在媒體上班，但後來我逐漸因創作者的身分被外界認識，開始有一兩家公司願意寄書給我，希望我有機會能推薦。但因為上班的日子，我幾乎一醒來就工作，待在辦公室的時間一天幾乎超過十二小時，便把郵件包裹的收件地址全寫辦公室。另外，我也大量買書，只要是網購的書全寄到辦公室，因為有收發可以幫我搬運。因此，各式各樣的書，重要的不重要的，藝術戲劇文學時尚氣候變遷，全在我桌上堆著。

有的同事趁我不在，趴在我桌子上東翻西攪，把他們想要的書，從書堆裡一本本抽出來，好像那是他們的桌子。我有時候怕他們困窘，就算上完廁所想回座，但他們還在東翻西找，沒料到我已經出現，我也只好等待，遠遠站著。有人轉頭發現我正看著，便打哈哈說他只是先翻翻，打算事後向我報備的。也有看起來像好媽媽的同事，幾乎每天都來翻我桌子。我實在耐不住了，趁她又翻我桌子時，靜靜出現在她身邊。她抬頭見我就在她身旁，一時錯愕卻立即堆滿笑意，理直氣壯毫不退縮：「我每天都來你桌上看，這本ＸＸＸ書你都沒有動，我想既然你沒有動，就是你不需要，我想拿回家給我女兒。」所謂為母則強。

當然也有一兩個同事重禮講義，拿走書後會留張字條報上名字：「我借走ＸＸ這本書，一週歸還。」

其實，這些都不至於讓我生氣，但最近出現的那名偷書賊，那樣量大、速度快的偷法，簡直像搬家。他從剛開始的一月一兩次，變本加厲到幾乎每天偷。只要我桌上來了新書，第二天就消失。我看到一半，折了頁畫了線的書他拿走；包裹剛送抵的我尚未拆封的新書，他也整套搬走。反反覆覆，我不堪其擾，不僅財物損失，連工作也受阻，因為許多書我買來是為了工作需要的參考書籍，只好一再重買。

我忍不住向行政組與幾位長官反應偷書賊帶來的困擾。他們笑：「有品味哪，是雅賊、是雅賊哪！」

果然他們不想處理。於是就變成了這樣子，我桌上凡是貴的、重要的、整套的、整包的、未拆封的，只要好貨偷書賊拿得理所當然——那已經不是貪小便宜的順手牽羊，那是流氓似地擺明欺負人了。

我在盛怒中，還有更深的是困惑：他到底怎麼偷的？

以我工作時間之長，守在辦公桌前時間之久，他有什麼機會從我桌上頻率那樣高地搬運那樣大量的書籍，卻不曾驚動任何人？我幾乎是每天一睡醒就叫車到辦公室，下班已過半夜，不管是午餐或晚餐或點心，我都是拿著飯盒對著電腦螢幕吃的。那不是普通人工作的份量，每天從下午一點半到半夜，有時候為了省錢等交通車，還待到半夜十二點半，我只要在辦公室就黏在桌前。

除了非常少數的值班人員，我是每天第一批進去、最後一批離開的班底。

還有什麼空檔能從人多嘴雜的辦公室搬走那樣大量的書，卻沒引起任何人注意？

我情緒爆發的那天，是因為一進辦公室發現剛送來的整套新書又不見了，我突然大暴走。

我衝到行政組老大那邊：「你們不能查嗎？」

「哎呀，你好可憐啊！怎麼有人這麼缺德，但你要我們怎麼查呢？你就每天把書搬回家嘛！」

我凶惡地看著他，他以為自己很幽默，看到我臉色就訕訕地閉了嘴。我繼續瞪著他，他只好開口：「對喔是嘛，你怎麼可能每天把書帶回家，很重哩！」

「在這個媒體辦公室，我是每天第一批到、最後一批離開的人。也就是說，我不在辦公室的時段，幾乎沒人在辦公室。難不成有內鬼熬夜潛伏在辦公室，或哪個外來者偷偷潛入公司來偷書？那麼，我們公司的安全性就令人擔心了。」

行政組的老大猛點頭。

我問：「辦公室沒裝監視攝影機嗎？」

「沒。」他回答得太快，連想都沒想，一聽就知道他撒謊。

「辦公室的入口也沒嗎？」

「也沒有。」這個王八蛋想打發我。

「嗯嗯，」我頭腦清楚：「但我知道哪，進辦公室的電梯裡頭設了監視器，而偏偏任何人要進這辦公室就必須搭電梯才行。」

那人不開心了：「公司從來沒人要求過要調監視錄影，你不要惹事。」

我把手搭上他的肩：「是這樣的，你不處理，我就直接找董事長。你應該知道蔡老闆生意做得大，覺得他的員工都要團結，要把企業當家一樣效忠，他非常討厭自己養了內賊，而內賊還被你們姑息……」

那人臉色發白，聲音虛弱：「錄影帶存了那麼多，是要從何看起……」

我輕笑：「很簡單，我每天十二點半下班，你們早上八點半開始有人值班，我只要你調錄影，看看過去一個月，凌晨一點到上午八點之間，有沒有人進過這個電梯！」

他不答我，逕自走開。

一禮拜後，行政組老大來找我。

「找到偷書是誰了。」

「是內賊嗎?」我鬆了口氣，累積的委屈就要獲得伸張，我強作鎮定，其實激動得快掉眼淚。

「是。」

「究竟怎麼偷的，怎麼能搬走那麼多書卻沒人發現?」

他說，其實辦公室內裝了幾個監視器，只是沒有員工會真的去調帶子，他沒想到我這個女人這麼難搞。

「那人在凌晨四點半到公司，搭電梯，進入沒人的辦公室。那人扭開大燈，直直走到你位子，坐你椅子，翹起腳來悠閒地從你桌上拿書，一本一本翻。天亮前，他就把他要的全搬走。」

「為了偷書這麼早起?」我瞪大眼睛：「是誰?」

他搖頭：「我不能告訴你。」

我的眼球快蹦出來。

原來，我的幾位頂頭上司了解偷書案情後，做出決議：不能讓我知道是誰偷了我的書。

幾位男主管們的共識是，要是偷書的男人知道我知道了他的身分，那以後他在辦公室自尊該往哪擺？那個偷書的男人要如何能夠每天面對我，面對我知道他是賊，這太傷人了。

男主管的處理方式是，透過一位和賊有交情的男主管告訴那偷書賊，說偷書事情已經曝光，希望那賊出自羞愧，就此住手。

我聽到這番話，覺得受到二度傷害，而且是重擊。

我咬著牙忿忿不平：「你們讓那賊知道了我，但我不能知道他是誰，你們讓犯人知道受害者，但不讓受害者知道犯人在哪。我在明處他在暗處看著我，要是惱羞成怒、懷恨在心，隨時可以來找我；而我不知道自己冒犯了誰，不知道誰正在看著我，在我身旁算計走來走去。」

我氣得發抖：「我不是要昭告天下，我也不會說出去，但我沒權利保護我自己嗎？」

男主管回答我：「你要以大局為重。你不要想這麼多，那人只是偷你東西，那人又不是壞人，而且，他說他只拿過你一兩本書，反正你書那麼多。你怎麼不替他著想，他一個大男人，要是他覺得你每天看著他的臉，都把他當賊看，他會有多窩囊，那他以後要怎麼在這辦公室上班？」

我太過震驚，呆呆站在辦公室走道中間，一個人，動彈不得。

平日不苟言笑的總編輯突然來了內線電話：「你被偷的只有書，沒有錢吧，沒有別的財務損失吧。我叫那人把書從家裡帶回來還給你。」

一個禮拜後，我收到了什麼呢？

我才進辦公室，行政組老大就笑嘻嘻地把兩個大紙箱拖到我桌旁，說事情圓滿解決了，那偷書賊誠心誠意認錯，還書來了，還整理了這麼多。

我蹲下，打開紙箱，猛吸氣換氣，忍著又被羞辱一次的眼淚，撐著身體搖搖晃晃地站起來。那賊，又狠狠地甩我一記耳光，並且正在某處得意地笑。

那兩個紙箱內，哪是我的書，裝滿滿的是他家過期要回收的《壹週刊》。

深夜的世足賽

深夜酒吧裡沒有人，只有正在發呆的值班小妹和坐在吧台喝啤酒的胖姊，我也點了啤酒，笑嘻嘻說我們來看世界盃足球賽吧，今晚剛好有場轉播。我肩膀痛背也痛，整天痛，每天痛，很痛也不想回家。不想回去面對那個小小髒亂的公寓，被褥皺霉，鞋襪散了客廳，滿地的無望與孤單。

還好胖姊在這裡，還在燈下，也不肯回家。我還有同伴。

小妹扭開了老式電視，轉到足球賽，一整片綠地球場塞滿了螢光幕，還有十個高壯美男在這發光小框框內，毫不間斷地從東跑到西又從西跑到東。深夜裡屬於女子的足球賽轉播。

我發現店內角落靠窗那桌，還坐著一個長髮中年男人，在店裡見過一兩次的攝影師，聽說是酒鬼，但他不是我們這一掛的，不是熟客。他喝他的，和我們沒瓜葛。

我背好痛，唉叫了起來。胖姊搖搖頭，放下手中啤酒，幫我按摩。胖姊非常會按，好長一陣子她都幫病重臥床父親按摩身體。

胖姊的手一放上我的肩膀，我就忍不住呻吟，眼角也濕了。身體每天都痛，她的手按下之處，我覺得全身飽脹咬人的毒液，突然間有了一個開口可以流出，雖然洞很小，只滲出了一點，但終於有了希望。

以及，更裡頭有個乾澀苦楚的東西，終於感受到一點點撫慰。

嗯，啊，哼，眼淚又不自主地從眼角滑落，喉嚨發出痛苦又舒緩的嘶啞聲音。

胖姊左手繼續按，右手拿起啤酒喝了一口：「死小孩你硬梆梆的，身體裝鉛塊嗎？靠你還哭了，是我手勁太強嗎？」

「不是啦，」我邊流淚邊罵：「痛並快樂著，你快按啦！」

仁哥這時候從外頭推門進來，看我和胖姊在吧台按摩，笑著打招呼後端了酒在另一端坐下。他可能有心事，平常一定和我們玩鬧今天卻選擇遠遠坐，喔，可能看到胖姊幫我按摩，我唉唉叫，臉上還有淚痕，基於紳士風度，選擇先遠一點坐。

仁哥不看球賽的，他是寫字談國家大事的文人，體育比女生還不好，但他和我們一樣，老不想回家，和我們一樣總在這裡流連。他是自己人，是這城市暗夜在外遊蕩的鬼魂之一。

胖姊按過的地方好像有暖流通過，我全身在呼救。

我無法控制又啊啊出聲。

胖姊巴了我的頭一掌：「老娘現在繼續給你按，你以後不要每天工作到沒命，還被上司整得哭哭啼啼，每晚睡不好。你犯得著這樣活嗎你！」

那個搞攝影的突然走到吧台，站在我和胖姊旁邊。

我們嚇了一跳，但因為以前在店裡也看過他幾次，並沒太大防備。

「一起喝吧！」攝影師晃著他的酒杯。

「我們在忙，你自己喝，看看球賽吧。」我和胖姊敷衍他，沒打算和他熱絡。

「足球賽啊。」他沉默了一下，站在原地不走，抬頭望電視。

我們不理他。

胖姊又下重手，我哼了一聲從喉嚨發出濃重呼氣聲。

攝影師說：「你們在幹麼啊……」他話還沒說完手伸過來摸我的背：「要不要跟我睡覺？」

「你走開。」我沒好氣。

他不動，還是站在旁邊。

胖姊決定無視他，繼續幫我按我那石頭般的背，這是我們的老窩，我們不看人臉色。

胖姊往我的肩胛與脊椎之間的一點按下去，我啊啊叫，五官痛得皺在一起。

攝影師突然又伸手摸我的頭髮：「要不要跟我睡覺？」

我們這次意識到這傢伙是麻煩了，卻不知道該怎麼辦，店裡就三個女生還有遠處斯文的仁哥。

搞攝影的用手滑我的臉。

「你走開啊你這傢伙，到底想幹麼？」我甩掉他的手。

仁哥不知何時已出現在我們身邊，真兄弟，講義氣的好漢子，挺身保護朋友。

他對攝影師說：「你回位子吧，不要這樣子，這裡就讓女孩們玩她們自己的。」

攝影師推了仁哥：「你什麼東西管我要在哪裡喝！」

仁哥動氣，但沒説話，扶扶他的近視鏡框。我還在想打架真不是他這種文人的強項，就在我還沒回神的這一秒，仁哥已衝上去給了那攝影師一拳。兩人火速扭打起來，仁哥推擊攝影師的胸，沒想到攝影師是酒後鬧事老手，招數非常下賤，他側身卡住仁哥，讓仁哥無法伸手，攝影師不真的打架卻伸出另一手猛抽打仁哥的臉頰與眼鏡。

吧台內當班的小妹妹高聲尖叫，比世足賽呼聲要大幾十倍，劃破天花板。

攝影師這賤人鬆手跳開，知道繼續尖叫下去鄰居或警察要來了。

他作勢要走，冷不防又故意狠撞仁哥一下，仁哥追上去要打，他伶俐跳開。

「他媽的，什麼東西，呸。」攝影師從口袋摸出幾張皺皺的一百塊扔在吧台上，推門走出去。

仁哥搖晃地站了起來，歪掉的眼鏡就要滑落，他拿下眼鏡檢查一番，重新戴上，他衣衫扯破，頭髮散亂。

胖姊和我趕緊上前：「仁哥你還好吧，有沒有怎麼樣？」

「沒事，倒是你們都沒事？」

我感動得不得了，真是紳士，自己挨打受了驚嚇，還壓下情緒，先關心女生。

小妹重新倒了一杯生啤酒給仁哥，讓他喝冰的，定定神。仁哥這次陪我們坐上吧台，好體貼，知道要先安定我們的心。

一陣亂後，胖姊也不按了，她端起酒杯，喝了一大口。

我也坐直，喝飲料。

驚魂未定，沒人吭聲。

逐漸地我被足球賽吸引，忘了剛剛那陣騷動。

上半場結束，進廣告。

胖姊這時才開口：「剛剛那個垃圾，揹著相機就以為是什麼攝影師，諒他以後不敢來了。」

我轉身向仁哥，想說些感謝的話或安慰的話，卻驚見發現他的臉真的非常扭曲，比剛剛可怕，因為剛剛他還壓著情緒，現在是充滿真正的怒氣，比打架時候還憤怒的臉。

「你還好嗎？」我有點嚇到，這表情不像平常溫雅受女孩歡迎的他：「真的沒受傷嗎？」

他突然對我發怒：「你不知道檢點嗎？一切都是你惹出來的！」

「我？我做了什麼？我們在這邊他走過來……」

「一個女人在公開場合發出那種呻吟聲，惹得男人過來輕薄你，是你自找的，如果你端莊，什麼事情都不會發生！」

我眼睛睜大，說不出話。心中的感激變成一片空白，繼而委屈，而後覺得受辱，比剛剛被那賤貨騷擾更屈辱。

但我很快冷靜下來，坐好，回頭繼續看我的世足賽。

我恢復正常了，明白了，眼前的男人也就是個世上普通男人，不是什麼紳士朋友——要是剛剛那場英雄救美，他有本事打贏了，我就不會受這種侮辱了。

錄音機

我走進採訪進行的茶館，愣了一下，在場的除了即將受訪的藝術家、居中介紹安排這次訪問的教授，還有好幾個男女，而他們手上都拿著相機或攝影機。我一進去他們就猛拍我的臉，其他人開始拿攝影機對著我錄影。我有種像是嫌犯被審訊的被侵犯感，但藝術家看起來很冷靜，對那些男女點頭授意他們繼續記錄，而那位我認識的教授微微笑挺高興看到我來，如果這樣，應該還算沒事吧，我便按捺下不適，坐下來。公事公辦，訪問完回去寫稿，寫出精彩的稿子，是我的工作，但寫完稿後我與受訪者此後死生不相干，也不打算有私交，是我的作風。

教授介紹，這是被視為藝術界人民英雄的大人物，跑到災難現場伸張正義，被監視差點抓去關，行為藝術可作為社會雕塑，作為反抗的體制介入，獲得國外媒體極度讚揚。教授和他認識很久，從他還沒有名氣的時候就認識，很推崇他，教授打電話給我說藝術家很少來台灣，一定要我親自出馬專訪。教授說得沒錯，就專業上來說，我能得到藝術家的專訪是非常難得的，我立刻點頭，在滿滿的行程中插入這個採訪。

我掏出名片，自我介紹，拿出我的筆記本開始採訪。攝影機還是一直拍，我猜想也許他擔心受監視迫害，接受採訪都要助理錄影存證，擔心將來萬一有個閃失可以自保，因此也就繼續給拍。但我問的問題，他慢條斯理不是很熱衷回答，我問他童年的事，他講兩句就不說，喝茶，開口不疾不徐面色不變地說我怎麼這麼無聊，問他小時候的事。之後就不說話，攝影機還是一直拍我。

我有點緊張，因為不太清楚藝術家既然答應接受我專訪，卻又從頭到尾帶著攻擊性與敵意的這場面是怎麼一回事。

我試著解釋，我問的問題有我專業上的用意，大家都問你災難問你如何變成英雄，但我也想問當你還沒變成英雄的時候，最初是什麼樣子。

藝術家不說話，繼續喝茶，現場一片沉默。

我愣愣地看著他，看著攝影機與相機，看著好心的教授，但沒人說話。

藝術家的手機響了，他用外語回答問題，口氣突然變得情感豐富而誠懇，掛了電話，他交代拿相機的助理要記得寄份資料給剛剛打電話來的德國記者。他話還沒講完，手機又響了，他又開始講外語，侃侃而談，講完又掛了電話。

他回頭對我和教授說，這些國外媒體長年來非常支持他，密切與他聯繫，生怕他隨時會出事被害，一有事就密集打電話來，說有事就要刊出國際性報導。

說完他坐回原位，又不說話。過了一陣子，他用細細慢慢的音調開口：「你來採訪我為什麼不帶錄音機？」

我恍然醒悟，剛剛那些敵意的原因可能在於他不信任我，因為我沒用錄音機。

我很認真誠懇地告訴藝術家，我沒帶錄音機，用筆記採訪是我的習慣，看起來有點落伍，但是我還是依賴這種方式，因為做筆記同時可以思考受訪對象的言語，同時消化，不懂的就可繼續問，若用錄音機便會鬆懈，其實在採訪過程中很容易腦子與情感都沒真正進入與採訪對象互動激盪，只是單向被動地接受與錄音而已。

他笑了，說嗯嗯他可以理解，但還是不說話。逐漸地他臉上敵意和傲慢讓我開始感到生氣。而他的助理們臉上的輕慢，還有他們彼此之間一直在我面前使眼色的刻意行為，讓我感到從頭到尾一直被他們合力的冷暴力攻擊。

我突然放鬆笑了，對藝術家說：「很抱歉我沒帶錄音機，如果你很在意這點，我完全可以體會與接受，我們這個採訪就作罷吧，我不會有任何怨言。謝謝你的時間。」

藝術家眼神倒出現了點驚訝，笑著說，沒關係，他只是想理解，採訪當然要繼續進行。

於是，採訪就開始了，我問他的童年，剛剛他嘲笑我的那個問題我繼續。他說他的童年對性很好奇，雖不懂性是什麼，但總覺得女人下面一定是潮濕溫暖的好地方。

我默默記筆記，繼續認真問認真記。一件一件問，一題一題問，大的小的都仔細問。我知道我很認真，我不想去管對方怎麼想，但我相信我的認真一定可以在某種程度上化解猜疑，而我寫出來的稿子未來也可以證明我的專業。

就這麼一題接著一題，我做完了專訪。我收起筆記與筆，因為太專心而全身僵硬。

可能因為做完了一件工作，我微笑了，對著藝術家也對著教授微笑，先前的大段不愉快我都可以告訴自己不在意了。我收拾東西放進包包，告辭要離開。

藝術家看我笑，他也笑了。

「你還是應該帶錄音機來的。」

「咦？」因為正在收東西加上剛剛耗神，我有點懵。

「錄我的聲音啊，」他說：「這樣子你沒有高潮的時候就可以用。」

我剛剛稍微放鬆的舒緩與飄忽突然消失，警醒立刻回到身體。

我收拾自己的表情，站起身，冷靜地眼睛對眼睛，向藝術家與教授點頭致意，離開茶館。

走在茶館外的小路，我一直走一直走，走到回神，發現自己下顎緊繃咬牙咬到發疼，手正發抖。

吞日光燈管的男人

The Man Who Swallows the Fluorescent Tube

我喜歡W說他小時候如何著迷於賣膏藥的人在天橋下變魔術的故事，我感覺這些故事像寓言一樣，只是我至今沒有辦法解謎。

W小時候住在基隆，書讀不好，最喜歡跑到天橋下看人賣膏藥。在那個年代，賣膏藥走江湖的要有點技藝在身上，到一個地方先敲鑼打鼓，表演賣藝，好吸引人潮圍觀，如此一來才能兼賣膏藥奇貨。賣的藥各式各種，燙傷燒傷刀傷痔瘡，還有腸胃藥促進生長保養品。W熱情等待賣膏藥定期來訪。

W說，魔術和特技表演是一組概念，他有時候覺得那賣膏藥的表演的究竟是不是魔術，或許是特技。魔術那東西本質上是假的，可看起來像真的；特技剛好相反，看起來像是假的，但本質上是真的。

W中年以後告訴我，藝術創作常常就是這麼一回事，就是魔術和特技，真真假假的轉換這樣的概念。我後來也理解到，寫小說其實也是同樣一回事。

賣膏藥的來了，W個子小小的總是站在第一排目不轉睛地看他演出。賣膏藥的拿一個電鍋蓋，在上頭放上雞蛋，接著把鍋蓋連同雞蛋蓋上電鍋。賣膏藥的突然對著站在前方的W說：「來，弟弟你的小雞雞借我一下。」

賣膏藥的把鍋蓋一掀，從鍋裡變出一隻小雞了。賣膏藥的回頭對W說：「弟弟，你慘了，你現在變成妹妹了。」

那是唯一一次W沒看完魔術就嚇到立刻飛奔回家，他躲進廁所，拉開褲子看小雞雞到底還在不在。

天橋下變魔術，賣膏藥的人其實很可憐。因為賣的是燙傷膏藥，不管怎麼變魔術，引起多少掌聲，最後一定要回到賣藥。因此這些表演最終就是他煮了一壺開水，往自己的手臂澆下去，自己燙傷自己後，再抹他用凡士林做的膏藥。

最讓W著迷的魔術是吞日光燈管。廟裡的乩童表演吞劍，那個賣藥的大叔表演吞日光燈管。賣藥的把長長一支日光燈管就這麼吞劍一樣吞進肚子裡頭以後，作勢要他老婆插電。周圍都暗了，插電後，賣藥人的胸膛到腹部那一段突然變成半透明似的發著亮光，有時則是一閃一閃。

那吞下燈管，插電就發光的身體，真是驚人，W重複看賣膏藥的魔術，最愛的就是這段，怎麼看也不膩，眼睛瞪得好大，嘴角帶笑。

有一次，賣藥人吞進日光燈管，插電之後胸膛腹腔螢螢發光，突然啵一聲，那光熄掉了。賣藥人的老婆慌了喊：「慘了慘了！」

來了輛救護車，從此之後，賣藥人和老婆再也沒出現過了。

老鼠

天花板上咚咚轟轟地一陣行進的聲音經過，周圍的人和我一同把頭抬起望著上面，又默默低下頭面對自己眼前的電腦。而我還不能低下頭回到工作，仍然望著天花板以及天花板上密集的紋路，有點可憐我自己，也有點可憐我周圍的人們，每天談論的好像都是國家大事、一線潮流，侃侃論辯好似見多識廣，但這麼多年卻拿隨意在辦公室天花板上奔跑的老鼠隊伍一點辦法也沒有。

老鼠又在頭上閱兵了，我老這麼想。

而我的老闆們長官們每天大吼大叫，卻拿頭上的老鼠隊伍一點辦法也沒有。

斜前方那個掌管教育科學部門脾氣執拗強勢但頗為正直的大姊，近來被巧言令色猛拉業配滿臉奸佞的男性後輩鬥得死去活來。她把新買的橘紅色皮包整整齊齊地靠著電腦主機放，iPhone連著電腦充電。回頭之間她看到我仍然望著天花板發呆，笑了對我比劃手勢：「老鼠……老鼠……」她上個月放了未拆封的一包餅乾在辦公桌上，次日上班發現老鼠在夜裡上了她的辦公桌咬開包裝吃掉一大半，散得到處都是。

而我，因為知道辦公室有老鼠，始終不敢在辦公桌或抽屜裡放任何食物，生怕引牠們過來。只有一次我買了泡麵當晚餐卻忙到忘了吃，連拆都沒拆就放桌上。第二天上班發現那新買的杯麵被老鼠咬爛，紙杯塑膠套破洞，碎屑從桌上到地上都是，然而那裡面的整塊炸過的泡麵與調味料，完完整整，老鼠一點興趣也沒有，只是啃咬紙杯。連老鼠都知道泡麵不要吃嗎？而好幾次晚間七八點的時候，進稿工作正忙時，我清清楚楚見到灰黑色巨大的老鼠從這桌跑到另一組桌下去，光明正大。

我常常睜著乾澀充血的眼睛環視這間辦公室，悽悽惘惘想著，大家真的像他們外表看起來這麼沉穩淡定，還是他們鄉愿無感呢？或者，光是花時間想這些事，就是我天真幼稚吧。

再怎麼大小姐傲嬌脾氣，長年在大組織內層層交疊而成密不見光的階級鬥毆的汗味中，以及時不時老鼠以牠的興致決定出巡的嚇人節奏中，我也只能低頭低到平庸脆弱，每天張羅爭辯辦公室以外的社會正義、文化遠景，卻對辦公室內的平等公正無計可施。這份工作往來無白丁，但會讓人看到亂世英雄常常扯謊，又看到江山美人暗地架拐子，這就是活著的真相吧。我正在做什麼呢，我活著是為了什麼呢？我每天對著電腦使用文字，究竟有沒有對這社會造成一點點改變呢，怎麼一直寫一直寫都像是狗吠火車呢？我小時候到底做過哪些柔軟燦美的夢，怎麼一點也想不起來呢？不只一次我端著小七咖啡對著公司門口前的大馬路發呆，覺得體制真的會殺人，真的會殺人。而我每月入帳的薪水是讓我折腰的五斗米還是兩斗米，還是我對自我實踐這份艱難任務懶惰退縮的藉口呢？

好多年來這種情緒就這樣咬嚙著我的心臟，像杯麵一樣。但基於某種自虐或對這世界嚴重的罪惡感，我不能放手，沒有休假總是提早上班沒命工作，彷彿不能用愛情用藝術給出自己與宇宙融合，就只能用更加投入這份工作，把自己獻身給這個我曾經那樣鍾情的世界。好多年來我喜歡穿得漂漂亮亮端坐得體體面面，但心中其實覺得自己活得像這棟建築物中亂竄老鼠一樣，在夾板中遊蕩；有伴同行時腳步聲踏踏作響地遊行，彷彿老鼠就要建國，孤單晃蕩時，把任意紊亂地拖咬著什麼，當作理想性與叛逆精神。

我老是覺得低下頭就聞到身體內發出腥臭。

「能不能請清潔公司來一次徹底大掃除大滅鼠呢？」幾個女生試探地詢問庶務部門。

那邊的人說，其實要求過打掃清潔的工人消毒好幾次，但老鼠一直都在。但這棟龐大的建築物內有好幾家公司，雖屬同一集團但各有負責單位。這層樓消毒一下，老鼠避走建築物的別處，幾天後又回來了。

辦公大樓後來耗資上億請了知名建築師大大裝潢整修，名建築師設計了一堆完全用不上但拍照非常好看的裝飾性細節，建築師還用這些美輪美奐的照片，得了國外的設計大獎。照片上顯現不出來的是現實中的細節，像是新裝潢使用不到半年，流理台發霉漏水，廁所關不起來馬桶壞掉，時尚炫目的玻璃會議室的透明門整塊裂掉，還有這會議室隔音不良收音不好同步發生，裡面開會的人誰都聽不清楚誰說話，外頭的倒是把裡頭的雜音聽得清楚。在美麗的照片中還看不到的是，新的室內裝潢中，我們使用的仍然是過時的跑不動的電腦，老舊的辦公桌椅。而老鼠彷彿亙古以來就掌管著地球似地一直在天花板上盤旋，不時閱兵展現實力。

我幼稚園時期經驗過一件和老鼠有關的事。我有一條紅色大喇叭褲，我媽媽非常喜歡這條紅色喇叭褲。有天下午全家要出門，我先換好了衣服，也就是套頭毛衣加上那件大喇叭褲，在老家的一樓等著二樓的爸媽以及三樓的弟弟換衣服。我哼著歌拿大門玻璃當鏡子照，覺得有人鑽進我的大喇叭褲管搔我癢，那一定是我弟弟了，一定是他伸手進我的大褲管搔我的小腿，真可惡，我仍然繼續試圖綁緊自己的髮辮，恨恨地張嘴罵：「不要鬧了，不要搔我癢你這個笨蛋！」

但我弟弟沒打算停手，而我的兩手都很努力地卡在我的頭髮上，我跺腳抖動，繼續罵：「叫你不要鬧我了你討厭鬼！」但他還繼續搔，還愈來愈往上搔。我氣得大跺腳，尖叫大罵，我弟才停手，但我的辮子已經散掉了。

我放棄，回頭看，弟弟並不在。奇怪，他怎麼跑得這麼快，我罵完回頭人就不見蹤影。

我抬頭看到我媽媽遠遠站在門內，她說：「剛剛有一隻很大的老鼠橫地跑過，你沒注意到嗎？」

「老鼠？沒有啊！」我聲音拉高問她：「弟弟呢？他好過分剛剛我想綁頭髮他鑽我褲管一直搔我癢！可惡！」

我媽沒說話。

「我一回頭弟弟就不見了，沒看到人，跑得真快！」我繼續告狀想找我弟弟。

「弟弟一直在樓上沒下來，弟弟還在換衣服，我剛剛才拿衣服給他，弟弟不可能剛剛跑下樓弄你。」媽媽緩緩地說。

「我沒騙你真的沒騙你，弟弟剛剛……」我急著辯解，我才不是那種撒謊的孩子。

我媽的臉色慘白，聲音微弱地吐出：「媽媽剛剛看到，那隻黑色大老鼠鑽進你的喇叭褲褲管往上鑽，鑽了半天又從你的褲管跑出去……」

我的母貓秋子過世後，我沒有辦法工作，直直地躺著超過一週，怎樣都不願意進辦公室，一點點起身的動力都沒有。我討厭這世界上所有的一切，我更討厭自己，因為口口聲聲說我愛秋子卻疏忽了牠。我每天活得像畜牲一樣，超時工作，全身是病，臉色蠟黃，張嘴就討論社會正義文化發展，卻連我這世上最寶貝的都沒能花時間好好照顧，只知道享受牠的愛。我是世上最偽善自私的爛人。

我當時的老闆從辦公室打電話來，問我怎麼突然消失了，要我好好整理心情，趕緊回辦公室上班。我又躺了好幾天，終於進公司，那天一看到我的辦公桌，就下好決心辭職。

我死掉的貓幫我殺死我體內的老鼠了。

夢外

我始終有個記憶，約莫五歲的時候，我和弟弟站在老家三樓的陽台上，晚飯後我們攀在陽台欄杆的雕花洞口往下看，下面的行人走來走去。我和弟弟總是這麼往下望，孩童生活總是從洞口往外望或往下看。孩子的生活不著地，也不允許著地，只是寂寞地張望。

我忘了究竟是誰説，如果狗狗從我們這裡往下掉，會是什麼樣子。我們如果從這裡掉下去，會是什麼樣子。

我和弟弟把小狗抱起來，從陽台丟了下去，睜著眼從上面看。

我的奶奶在一樓，抬頭對著三樓陽台的我和我弟看，我奶奶很瘦小，我和我弟弟喜歡她。我和弟弟不明所以，從三樓上頭向下揮手大聲喊著奶奶、奶奶。

我記得奶奶用格子舊衣抱著小狗爬上樓梯，小狗旁還有一顆紅色蘋果。小狗張著圓大的眼睛，軟軟的身體任由奶奶抱著。

奶奶說：「你們兩個搞什麼，還好狗狗命大，從三樓掉下去還完整無事。」奶奶說，隔壁的鄰居給了她一顆蘋果。

我一直記得這件事，在我比較懂事之後，明白自己當初做了什麼事後，深深覺得，那份無知闖禍但沒造成災難的幸運，代表著我的人生根本上應該是受祝福的。日後我遭受不幸或冤枉時，都覺得這些痛苦有朝一日會過去，總有一天會有人懂得我的清白，時間站在我這邊，因為那樣神奇美麗的幸運曾經發生在我身上。

不過半生多數的時間我晃晃蕩蕩，同伴立志向學想當學者舞者官員醫生的，我都沒有感受，像是永恆的局外人，看著局內和大家一起上學考試總是半夢半醒的自己，過著明明是自己人生卻又不是自己的人生的時間。有一次我看到一個科學紀錄片，舉證各種實驗數據，說明這世界上有些人的腦子裡，夢與現實分界，那個界面不是那麼明顯。我想我腦子裡那個界面也許也不太明顯，或是本來有個清楚的界面卻破了很多洞，這邊流到那頭，那邊的又溢到此處。

有幾個像夢和現實交界處的影片不時來找我。新北市某個老舊山莊社區，在陽光露臉呼吸卻充滿灰塵粒子的情境中，我在這裡一次次反覆地迷了路。那個老社區是我少女時期的同學的母親居住之處。久久未聯絡的同學突然出現，告訴我她要出嫁，希望我擔任伴嫁。她有天生的金紅色頭髮，父母早早分開，她隨父親住，但與父親關係惡劣，一上了大學就離家。多年後出嫁，選了母親處當作出嫁的娘家，要我一早到那邊陪新娘出閣。

為了配合吉時，我一早按著地圖，邊摸邊開地到了那社區，在破敗社區上坡道路中繞來繞去，終於找到了同學母親的住處。新娘的哥哥與母親在整個家庭的尷尬中，找話想要說卻總是搭不上，而新娘意識到自己是主角，叨絮數落這要求那，反而讓場面熱了點。吉時到我隨她上了禮車，開往到台北市區的飯店，晚上宴客之處。幾小時後她的一位遠房親戚開車送我回她母親住所，我的車仍停在那裡，我又開自己的車回到市區她將宴客的飯店。

那個老社區就此來回拜訪我的夢境，我總是在陽光彷彿末日黯淡灰塵粒子一顆顆入侵呼吸道的感官狀態下，一次次夜間重回。沒有同學，沒有婚禮，沒有別人的母親與親戚，我只是在那社區的路上一次次困住。我也許多次夢見自己在另一家五星級飯店的地下一樓，搭乘向上的電梯就要離開，電梯門開了眼前卻是古老荒山，妖氣迎面而來。我喘著氣要找回到人世之路，同時又要躲避那股眼睛看不見卻明白感受到的殺意正在謀害迫近。我一次次找路想回到豪華飯店的地下一樓，那個電梯口，那個這團恐懼混沌的起始之處。有時候莫名其妙地我找到路徑回到了飯店電梯，進了電梯覺得就可以回到大量電器消耗資源將人間照得四處光光亮亮的都市，怎知搭了電梯門開了卻又回到可怕荒山。也有更多次，我根本找不到那彷彿時空交錯入口處的飯店電梯口可回歸。

那些顫抖、冷汗、驚叫、恐懼，是那麼清楚，清楚明白到我半夢半醒之間止不住啜泣。其實那個名叫玫瑰的老社區我再也沒去過，不過那個會讓我錯入異時空險境的飯店，偶爾有人仍約我去吃飯。我經過那富麗的大廳走廊時，有時生出不小心就會被某個祕密洞穴吸入的憂慮，我也總有一種隔世恍惚之慨：啊在別人不知道的時候，我在這裡瀕死過好多次了。這是夢嗎？那反反覆覆清清楚楚一直上演的故事，那在我皮膚爬行在內臟攪動的身體感受，那樣真實，真實到連我都不知道能不能稱之為夢。

後來還有一次在夢中，我和我弟去投宿旅館，位置是復興南路，不過現實中的復興南路那位置根本沒有旅館。我們在夜半進入，旅館的人說只剩下一間大房，好奇怪我們在旅館櫃台要房間談價錢時，我認識的一對夫婦朋友彷彿本來就和我同行似地，默默現身，幫我們向那一臉嚴肅穿著黑西裝的夜班經理，要到僅存的那間大房。要到房間之後，那對夫妻不知道什麼時候又消失了。

那間大房的格局非常不規則，彷彿透過折射鏡一樣的歪斜，平牖混著消毒水氣味的空調送風，好大的房間只有一張手術台似的床。我弟說床給我睡，他睡另一端的沙發。我太累了便合手閉眼，夜半一切就開始了。好幾隻黑色厲鬼圍著我的床飛似地繞圈圈，有如旋風包圍。我半醒半夢的嗚咽，天快亮時我終於掙扎著下床喊我弟，我弟一臉沉穩倏地化為俠客，手伸出便成為利劍，殺死繞床迴旋的鬼。我們開始夜間大奔逃，經過櫃台時我向那櫃台夜班男人出聲警告，房中有鬼，那男人突然也變成鬼，然後整個大廳的鬼都湧出來了，發出嗚嗚隆隆的聲音，疊著無數吶喊的回音。

我和我弟往外奔，逃到復興南路上，卻發現整個世界的厲鬼一時全都出動，要攻占這人類城市，全世界發出陣痛耳膜的魅喊呼喚，還有眾鬼翅膀振動的空氣波動。他們的速度比我們快得多，我弟覺得這樣子是逃不了的，要我躲在騎樓柱子後，緊緊抱住，不管發生什麼事都不可以鬆手。我弟吩咐完便回頭朝來時路衝，拿出利劍往前殺鬼，在黑氣中劃出一道光，他一路往前去了。

我聽到空氣中的劇烈震動全化成高頻尖叫，鬼在施虐在鬥，鬼被殺害而後開始哭泣，漩渦狀氣體如海嘯般要將路上一切都捲走。我緊緊抱住柱子，就要失去知覺前，一切都停了。我弟殺了群鬼後，默默出現在復興南路上，我從柱子後看著他長滿青春痘的臉，浩劫過後，盛氣漸褪，變回那個不起眼的理工宅，天逐漸亮了。

清明掃墓後我們全家吃飯，我笑問我弟是否還記得小時候我們把狗丟下樓，而小狗幸運地毫髮無傷存活，被奶奶撿回來。

我弟沒有表情。我又說了一次。

他繼續扒飯：「狗死了。你是不是記錯了，牠掉下去之後就死了。」

外婆的家

下午和二舅舅見面喝茶，感覺很奇特，我從來沒和二舅舅單獨見面喝茶或是說話什麼的。算算應該從我出生就認識他，但感覺熟悉又生疏。

我只記得很小很小的時候，表弟剛出生，我們一群小孩子圍著看還是一坨只會睡覺的軟肉嬰兒。二舅舅問在場圍著的小孩：「嬰兒現在不能站，那你們誰告訴我要如何知道嬰兒的體重？」

我們都傻在當場，只有大表哥（大舅兒子）說，他抱著嬰兒量體重，再自己量體重，數字相減即可。我那時候覺得大表哥懂好多啊。導致幾十年後我帶著貓咪看獸醫，護士要我量貓體重，我的本能反應是問她：「我先抱著貓站上去，再自己量體重數字相減嗎？」獸醫院的護士瞠目：「不，你就把貓放上去就好了。」

因為太久沒見面，二舅舅問我小維菁你幾歲了；我也才敢問，舅舅你幾歲了。

（他竟然還叫我小維菁。）

外婆家一樓有老鷹標本，我非常害怕，根本不敢到一樓，只在外婆家二樓走動，可是廁所在一樓，我只要上廁所就非常恐慌。我小時候好奇心旺盛，對人笑嘻嘻，喜歡看電視，而表哥表姊都是循規蹈矩的沉穩大孩子，我被托放在外婆家的時候，喜歡到表哥表姊書房，一個抽屜一個抽屜打開來看，看得很認真。後來只要我出現，表哥表姊便嫌棄地說「查戶口的來了」。有一次我開抽屜「查戶口」到一半，非常想上廁所，又不敢去，一直忍耐，忍著忍著，就不想上了。

好像過幾小時後，表姊叫我到書房，從地上拿起一個東西質問：「你告訴我這是什麼？」

我扭著身體，膽怯什麼話也說不出來，表姊開始清理，我就跑了。

怕鏡子

床腳正對著鏡子，夜夜驚懼不敢睡覺。

只要一翻身一坐起，或早上起床，不管用哪個角度都會看到自己的樣子映在鏡子上頭，那裡的人影看起來蓬亂而陌生，並且帶著一種恐怖的入侵意味，像是除了自己以外，其實還有一個人正在這房間裡頭——儘管那人和你長得一樣，那人看起來像你的倒影，但你知道其實是他人。因此，只要那面鏡子存在，你不禁就會隨時檢查自己的樣子和鏡子裡的人是否一致，是否正確地以左右相反的對稱姿態同步你的行為表情。生怕一時不察，鏡子裡頭的她悄悄地做了和你不同的動作，那印證了她其實是別人或者是邪靈。

因此時時刻刻警覺，緊繃久了開始抗拒，抗拒過了愈發害怕，後來便想閃躲完全不看鏡子。上床下床我會想盡辦法，避開任何可以看到鏡子的角度，避不了的時候，便刻意把視線挪開，壓抑著不看。但就算不去看鏡子，長年下來仍然緊張。怕自己不肯去看，她其實正在本應屬於我的空間積極活動著。

緊繃太久，我變得天天暴躁易怒，好幾次沮喪鬧著要我父母把正對著我床的梳妝台移開。但年幼的我口齒不清，因為緊張話更講不清楚，只說我不要我不喜歡，哭泣著說好可怕，說那面正對著床的鏡子實在太大，好恐怖。他們無動於衷，覺得梳妝台擺那個位置非常合理，移開很麻煩，父母說他們不知道為什麼我可以這樣無理取鬧。他們下了結論，覺得是我膽小，不敢一個人睡，因此藉故鬧事，更不能順我的意，好治治我的任性不可理喻。

我已忘記這樣子日日因為鏡子而焦慮暴躁的情況，到底持續了多久，彷彿半年又像一年，或者兩年。終於在一天夜裡，我崩潰了，夜裡突然從床上坐起，靠著牆放聲尖叫，根本停不下來。

全家人驚醒跑到我房間，卻發現什麼事情也沒發生，沒有搶劫沒有竊賊也沒有蟲鼠，我只是尖叫哭泣。我的父母嘆了口氣，認定我還沒準備好能夠一人單獨擁有一間臥室，但這是長大必經的過程，益發覺得要好好訓練我，出言要我自制，要我躺回床上。

不要鬧了，好好睡覺，久了就不會害怕。

這話我一聽，又開始尖叫，還叫得更大聲。只是尖叫，說不出話，說不清楚我不怕單獨一個人睡，我就是怕那面鏡子。

他們拋棄我回房，丟我一人面對恐懼，好好長大。

大概是因為我哭得太可怕，我的小弟弟隨大人離開後，又折了回來。

你不要怕，我陪你睡。小弟弟說。

我看著小弟弟，全身發抖，眼淚滾滾滑落。

小弟弟和我並排躺在同一個枕頭上，小弟弟眼睛閉上，呼吸平穩。而我警覺著，睜眼環顧四周，但避開鏡子，嚴重焦慮之中還生出一點我必須當個姊姊好保護小弟弟的勇敢。我全身緊繃，側臉看看小弟弟閉著的眼睛與睫毛，還有牆上隨時可能變形生出鬼臉的壁紙印花。

小弟弟張開眼睛，軟軟問我為什麼還不睡覺。

沒有，沒有什麼。我這樣告訴他。

小弟弟說，那麼我不睡吧，等到你睡著我才睡，好不好。

我看著他，萬分感激，終於緩緩闔上眼睛。

早上醒來，白色枕頭出現兩攤淡淡血漬，我和小弟弟都流了鼻血，沾在枕頭上。

次日晚上我又驚惶地躺在床上，小弟弟又進來了，說他要繼續陪我睡。

就這麼過了幾晚，小弟弟再度出現在我房間時，我強擠出笑容對他說，不用不用，真的不用陪我。我擺擺手，說其實沒那麼怕，摸他的小小的胖胖的臉。

再這樣下去，小弟弟為了陪我，他也會睡不好的，哪有人每天睡在驚惶的人身邊還能舒坦。

把小弟弟送回他的房間後，我又斜著身體，避開鏡子，以奇怪姿勢仰著身上床。

我想，沒有人會幫我移開那面鏡子了。我顫抖發冷，卻生出堅決，知道那是我的命我的課題。有能力幫我的不理我，願意幫我的我不能拖累。

我把自己縮在被子裡頭，頭也包住，全身縮成一團，緊緊靠著牆角。那成為後來我長年固定的睡覺姿勢。

不管有什麼，都來吧，當時我是這樣想的。

後來我們搬了家，我母親在新家我的臥室，仍然照她要的，把新的鏡子正對著我新的床放。不知道為什麼她就是喜歡把鏡子對著床放。我狠狠瞪著她，知道她就是要那樣，而且不會變，知道不管我說什麼都沒有用。

整個青春期我都沒睡好。

很多年後，我一個人住，在那個小公寓裡，除了浴室的洗手台配鏡子，整個房子沒有任何一面鏡子。我不買梳妝鏡，不買穿衣鏡，我不喜歡玻璃太乾淨，也憎恨不開機的電視機螢光幕。我那麼喜歡打扮，卻從來不願意照鏡子來搭配穿衣，只是按照本能去搭配比例與配色，至於臉上的化妝，我只用粉盒裡的小鏡子處理。還好出了門後，我會偷偷地映著對面大樓一樓的落地窗，還有街邊車子的後照鏡與車身反光，趁沒人注意檢查今天的鞋子高度與褲腳長度是否搭配合宜，順便攏攏髮尾，調整外套領子的角度。

出國旅行，有些旅店的浴室裝設整面鏡子，總是害得我忍尿，不願進去。

究竟鏡子裡頭住著什麼會在夜深時浮出，或趁主人不在時出來飄蕩，我一點也不想弄清楚，最好這一生都不要知道。其實就連使用粉盒小鏡子看到自己的臉，那少少的一點點臉的局部，也不時讓我覺得可怕，我老覺得那只是我的輪廓，其實裡頭附著的不是我。

但，一個人活在世上，總會有那麼一兩次真的被逼急了，真的怕到快崩潰了，我會突然變成小時候的自己，對著空中怒喊：「不管有什麼，你都來吧。」

喊著喊著還是會覺得，太寒了，這世界需要許多燈，那光要扭到最亮。

青色的

她們兩人面對面坐著，一大一小，資深的與年幼的，面對面。

兩人都穿青色短袖棉T恤，兩人都穿著土黃色寬短褲，以及寬帶運動式涼鞋。

兩人都是齊耳學生式短髮，兩人都戴髮箍（年長的黑底鑲水鑽，少女粉紅色白點塑膠料），兩人都戴眼鏡，兩人眼前擺一樣的書（是美術設計教科書），兩人的教科書旁都擺著一樣的筆記，兩人的右手都拿著彩色鉛筆，兩人都在筆記上畫圖案，兩人書邊都放著冰咖啡，兩杯冰咖啡都插著吸管，都掛著水滴。兩人同樣低著頭用功。

這不是母女是什麼？除了基因，美感、語言、神情、偏好，大量的複製性。

幸運的夫妻有可能沉默相處，母女共同穿著共同做什麼，從來不以沉默的相處為目的。沉默是暖身，旨在傳承，重點在趨同，是慢性勉力複製的過程。

果然，沉默沒太久，年長者開口，向少女傳遞什麼講解什麼，少女開口回了什麼，兩人笑了起來。兩人展開同樣的厚唇，露出笑起來同樣角度的嘴角，兩人揹起同樣棕色的背包（年長者是單肩包，少女是雙肩包），和睦地走出咖啡廳。

你可以見到她們青色的身影，同樣的腰間多肉。

你也可以幻想少女的身型很快就要開始改變，和睦快要消失了。

幸運的話，不管發生什麼事情，大量的複製都還在，美好地稱之為傳承一點不為過。

沒有什麼比這更暴力的事了。

念頭

你希望念頭拂過就好，
它卻啪嗒啪嗒地赤腳在你房裡走起路來。

濕腳印，點燈蒸乾地起皺了，
你渴得吞下一湖遠遠的水。

只穿一種顏色的人

我猜想每個人的同事群或朋友群中都會出現過一兩個只穿一種顏色衣服的人，這樣的人總讓我感到好奇。我認識一個女生長年穿紫色，春夏秋冬都是深深淺淺的紫，真的是全身深深淺淺的紫喔。她並不是以紫色為穿搭主色，搭配其他顏色如白黑藍灰褐等，去營造出不同的氣氛。她衣服主色紫色，以其他更多的紫色來搭配，從髮飾、包包、襪子、鞋子、首飾，乃至於妝容，都是紫色系，藕紫、薰衣草紫、粉紫、藍紫、葡萄紫等等。除此之外，她的房間從化妝台、壁紙、床套、地毯到浴室的毛巾都是紫，車子的外殼會另外花錢烤成紫色，車內座椅與毛毛裝飾加上玩偶全都是粉紫。

當然我們每個人在某一時段都特別喜歡某種顏色，那段時間會多穿也多買那色，時尚敏銳者也會察覺自己的膚色特別適合某些明度彩度的顏色，穿搭上多加運用。但這些都還在搭配的範疇內，不是對某一色的全面執著。我說的對某一色執著的人，是長期地全面地盡可能地要讓自己浸泡在某一顏色的氛圍中，以上面我舉的女生為例，她希望自己變成紫色人，希望紫色成為她的象徵，希望紫色成為大家公認的她的標記。

除了紫色人女生外，我也認識一個紫色男，我在他家借住過，他除了衣服是紫的，我借住那週就睡在他客廳的紫色沙發與紫色地毯，蓋著他的紫色小毯子，有時候他帶著紫色頸圈的狗會來客廳陪我睡覺。還有粉藍色女生，還有白色女，走到哪裡都是全身白色洋裝打著白色陽傘。

我觀察了很久，與其說他們熱愛這個顏色，不如說他們執著於這顏色代表的文化意義，並且極度渴望自己展現出這種特質，或者，渴望他人眼中所認知的自己呈現出這顏色象徵的特質。這是一種自我形象的塑造，經由持續穿這顏色，經由自己與這顏色總是一起連結反覆出現，這種個人形象被強化——這不只是對外界的自我形象的反覆強化宣示，可能也是一種自我渴望與自我認知的反覆催眠。久了，別人一想到紫色就想到她，久了，她自己也深信自己是徹底的紫色人。

但是，對她來說，紫色究竟象徵著什麼，可以讓她如此執迷？這是我最好奇的。換句話說，她藉著紫色想強化的自我形象特質究竟是什麼，這對我始終是個謎，卻永遠無法直接問出口。紫色是神祕、優雅、另類、詭異，還是創造力、藝術性？她究竟鎖定了哪一個詮釋角度？我想撥開她的心，悄悄探究一番，她理想的自我究竟是什麼樣子？

當然我從沒有過這種機會，對我來說那也始終是個有趣的題目。一個顏色被怎麼認定，就色彩學來看，其實有非常多重的文化解讀。以紅色來說，它可以是皇族的尊貴，它也可能是警示、暴力，也可以代表喜慶。而具有創造力的藝術家有一個特殊能力，就是不被這些色彩的既定意義綑綁，他們可以在作品中創造出有別於既有認知的意義，創造出反差極大的感受。譬如，畫家培根將粉紅色在畫面中使用得讓人感受到幾乎窒息的暴力感，馬諦斯將大紅大綠大把地在畫面使用，卻創造出一種寧靜的高貴感。從這個角度來看，這世上也許沒有好看不好看的色，只有會不會用色的問題。

有時候我想起我認識過的紫色女藍色女或白色女，又覺得有那樣一個自我認定的理想形象，那樣明確的追求，會不會也算是幸運呢？至少那對當事人來說，很具體很清楚，就在清清楚楚的那邊，就在毫不懷疑的眼前，身心全部，朝紫色走就是了。而像我這樣的懷疑論者，眼中的世界多彩些，但迷惘也多了些。

穿衣

我希望自己到老的時候，仍能繼續自由地想穿什麼就穿什麼，不要因為工作不得不穿上自己受不了的服裝（只能到稍微妥協的程度），也不要因為年紀增長的關係被外界影響覺得一定得穿上「符合年紀」的衣服。我希望自己這一生永遠有這樣的勇氣也有這樣的自由。

在人類歷史上，非常長的一段時間服裝的功用在標誌一個人的社會階層與屬性分類，甚至還訂定過服飾法，不可逾矩與僭越，一旦違反甚至可能賠上生命財產，因為那是對統治權威與管理制度的反抗。時至今日，時尚專家告訴我們，穿著是人們用以表達自己性格與創意的方式之一，大家也有個錯覺好像可以自由地穿。

但在現實中，在職場工作或在團體中生活的人，其實都仍深受此團體文化的特性穿著，雖不是強制言明，但大家仍靜默地被制約，久而久之，這種分類的方式很快地會內化成自我價值觀與審美觀的一部分。

就算是今日，敢於違抗或有能力違抗的，仍然等於以一己之力向看不見的龐大規範宣戰，還是要付出不小代價。工作上究竟需要與他人互動合作，若因衣著的關係造成印象不悅導致工作拖磨，誰都會嫌麻煩，就算一開始有心要小小違抗，終究也會不了了之。畢竟，像久利生公平那樣，能在一群穿西裝的檢察官中穿羽絨衣牛仔褲上班的，少之又少，而你還必須有久利生公平那樣的能力與人氣才能穿羽絨衣而活得下去吧。

穿衣服有時候會嚴重影響升遷與日常生活的人際。十六世紀英國的伊莉莎白女王喜歡華麗的衣服，但常指責那些穿著過於高貴、不合乎其身分地位的人。女王的侍女中有位霍爾德女士，平常就喜歡打扮，甚至引起女王的寵臣艾賽克斯伯爵的注意。有一天霍爾德穿了一件天鵝絨製成、滿綴金線與珍珠的連身衣裙，引起許多侍女的豔羨，卻惹惱了女王，因為女王覺得她的衣服比自己的還華麗。女王找人偷偷拿來霍爾德的衣服，穿在自己身上，可是以女王的身高來說，這件衣服太短，又不合身。接著，女王走進侍女群聚的房間，問在場每一位侍女，是否喜歡她的新衣？她又回頭問衣服的原主人：「它是不是太短不合身？」

發窘的霍爾德只好點頭說是。女王教訓她：「如果它因為太短而不適合我，我想它也永遠不會適合你，因為太高貴了。」此後霍爾德再也不敢穿上這件衣服，直到女王過世。這事當然也包含了女人對另一女人的嫉妒，但女王使用了全世界最普遍最基本的服裝語言——秩序，也就是以身分與地位來決定合宜的服裝。

話說回來，以前讀新聞的時候，非常害怕進這行業，因為打開電視發現台灣的主播怎麼都穿著版型醜陋的西裝外套與衣裙。近年來不但沒進步，連配色與髮型都開始嚇人了。當時我覺得進平面媒體好，穿衣應可漂亮自由些。很多年後，我轉到辦公室管事。有天發現，會議中所有男人只穿一個色，深藍灰藍淺藍紫藍靛藍，就一個色調。我哀傷地想，全台灣上班族男性都是色盲嗎？就連牆壁也是灰的。我每天配色試著穿戴有樣，在平庸的生活中試圖勉強維持一點氣力，卻好像格格不入。我暗自決定，離開吧，換地方吧，想去顏色多一點的地方。

村上春樹在一篇談衣著的文章中說，希望自己到老都可以持續地穿牛仔褲與球鞋，頗有永遠的少年之感。我讀了不禁泛淚，因為明白那種不想被既有標準分類規範的志氣。

但話又說回來，以村上叔的條件，早就超過了檢察官中的久利生公平，倒是我算什麼，我的條件低多了，比起來，我的志氣要高多了吧。

溝通

我人生的第一個演講是個失敗，當時我是幼稚園中班生，老師挑上我擔任畢業典禮的在校生致詞代表，要說些懷念並歡送大班生的話吧。我不知道要說什麼，演講總是要有內容，只好回家找父母幫忙。我自己先寫了幾句話，但五歲小孩的幾句話既不成篇，也難有上下起承，後來是父母寫了演講稿給我。但我不理解父母寫的內容，也不懂內容，只覺得是一長串字，必須硬背。上台前兩天，幼稚園老師要我在她面前先預演，結結巴巴，老師關心地問我，講稿會不會太長，真的背得起來嗎？年紀太小，我連擔心都不懂，順從文靜地點頭。

演講當天我站上台，就著麥克風開始老師同學大家好，說著說著，開始一片空白。我忘了台詞，站在台上望著台下整片小朋友發呆。我唯一的記憶是，老師跑上前，把呆立在台上的我舉起來，抱下台，抱回小朋友的隊伍裡。

這件事情沒給我帶來什麼對演講的恐懼，對演講的抗拒是開始寫作出書以後，偶有演講邀約出現的事。我沒有舞台恐懼症，事實上，幾次上台表演或說話，我沒有恐懼感，還有人驚訝地讚美我台風。而工作的時候，主持會議、參加討論，我也很少怯懦，能夠冷靜地針對主題發言。唯獨演講這事，我十分難受。我想了很久，到底為什麼？如果是單純害羞，我應該連座談或表演都同樣不適，怎麼獨獨對演講不行。

因為演講涉及兩個事，一是講者的自我認知，二是講者與聽眾的情感交流。多數的演講邀約都由講者自訂命題，準備內容。演講的目的都是希望內容能夠啟發聽眾，在知識面上可獲得新知，在情感上可以獲得共鳴，兩者必須兼顧才能構成一個比較成功的演說。

但是，我是那種打從心裡不覺得自己有什麼想法或知識足以啟發他人的人，也欠缺分享個人生命經驗的意願。而演講這件事情更奧妙的是，講者必須具備充分的自信才會展現能量，才能打動聽者，而講者的自信，更來自講者「我相信所說的」的心態，才具感染力，才具說服力。另外，一場成功的演講還在於講者與聽眾的交流感，台上的人必須顧慮到聽眾的回饋，他們的表情與情緒，提問與互動，都很重要。

而我是個懷疑論者，特別是自我懷疑，對於必須激起他人的認同，或去爭取別人對我的回饋，感到根深蒂固的厭惡。我特別不喜歡聽眾從進場開始，就期待我給他們一點什麼，也討厭有人帶著評估的心情坐下，看看我有什麼本事。

我曾經和一位詩人說到這點，她笑說：「不意外，因為你打從心底就不相信溝通這件事啊。」

我愣了很久，過了好一陣子才能承認她說的是對的。表演只需要自我展現，我又不是職業性的，不太在意他人反應，若是座談或開會，是就事論事，不涉及私人的情感交流。

我從什麼時候開始變成一個對溝通悲觀的人呢？我問自己，在人生哪一段經歷，我終於認定對別人傾訴，想獲得別人的理解，是注定無望的呢？那必然是成長或社會化過程中，一場痛苦而漫長的覺悟吧。

我記得我問詩人：「你呢，為什麼你可以常常演講？」

詩人說，她和我不同，她堅信語言的力量，她相信她所說的每一句話。她投身社會運動，一場演講中，只要有一個人被自己改變了，那就值得。

火災現場

年末天冷的時候我對於消防車警鈴聲格外敏感，在餐廳吃三明治當午餐的時候，聽見鈴聲從遠處響起，隨著消防車駛近益發尖銳，往前駛過餐廳鈴聲逐漸消退，但我整顆心揪成一團，久久不能平復。有時候則是晚上縮在床上，卻聽到深夜消防車警鈴由弱至近，銳利冷冽又強烈地劃開整個夜，我的胃因為這鈴聲暗示的意外事件，不管那是小小的驚惶或嚴重災難，都凸顯了我對無常人世、變故傷害的無能為力，並因此感到焦躁不安。

我還是學生的時候和T學長散步

到大安公園對面的一條小巷，T突然說：「火災啊，前面有火災，我們過去看！」我腦中的公德規訓警鈴大作，覺得災難發生，不能協助的人就應速速離開現場，避免干擾救災作業。但我又不好意思讓T覺得不快，便按下心中模糊的嫌惡說：「不要吧，我們趕緊走開，不要擋到人家救火比較好。」然而T看起來有點亢奮，堅持要去，拉著我快步走進小巷，前方果然是火災現場。

看起來不是嚴重的火災，也許是小小的屋內意外，消防車在外，雲梯待命，沒看到火，讓我意外的是現場滿滿都是人。T怕我生氣，停在與那出事的建築隔著小公園的遠處高點看，並說：「隔這麼遠看，就不會干擾到誰，你別擔心了。」然而我還是有種羞恥感。出事的那棟樓外都是人，我猜是那棟樓內的住戶與鄰居，他們就站在前頭抬頭向上望，並不太交談。但那巷子頭尾也圍滿了人，難道來火災現場像T一樣好奇的人那樣多？

我壓制心中不快，但臉色恐怕很僵。T伸長脖子張望好一陣子，對我說：「走吧！」

整路上我都不高興，也很訝異T是那種要到災難現場去圍觀的人，是出自好奇還是關切？後來大了點比較明白，災難第一現場會激發出人類腎上腺的分泌與亢奮，也許是人性的一部分，也許不是全然的不好，只是，要如何把這種天性變成有建設性的效用而不是妨礙呢？也許有些職業就是必須往災難第一現場去的，像消防員、真正的醫生、救災人員，還有軍警、偵探、記者、社工等。做這些工作的人必須要有這種人格，往災難第一現場衝過去而不是撤退。

不過那時候我對T產生了一種隱隱的距離感，常常懷疑他會走往哪個方向？他會變成明明什麼也不能做，卻硬要看熱鬧以滿足好奇心的魯莽自私的大人；還是會變成勇敢衝往第一現場，貢獻自己才能幫助別人的人呢？

但是我沒能看到答案，我和T後來就疏遠了。

但我常常會想起T，想起他曾經在豆漿店和人打架，還有一次是因為想在校園搭吊床過夜，被校警制止和校警打了起來的事。打架真不壞，我自己特別喜歡讀書的男人還會打架。但是我朦朧想著，如果T當時在豆漿店是和鄰座的流氓打架，而不是和上菜的男服務生打架，還有，如果他當時是因校警值勤不當做了什麼事，而不是因為他想在校園露宿過夜而打架，會不會對我來說比較有魅力？

想著T的記憶和多年前那次火災現場，我的注意力逐漸被轉移，因消防車警鈴聲而牽動的胃痛，好像比較舒緩了。

計程車

Taxi

今天在報上看到一新聞，一位新北市女子接到住在苗栗的女性友人想要自殺的電話，她緊急報案，希望挽救友人生命，沒想到從１１９開始，卻遭到新北市警局、消防局、苗栗縣政府等單位以「無法跨區報案」為由推諉，由於這樣的官僚多一事不如少一事的推脫作風，她打了十幾通電話都沒人受理，錯失救援，友人自殺身亡。

我想起自己類似的經驗。雖然沒發生真正悲劇，但那種無助與不平還是難以忘記。

有次我從仁愛路招計程車坐到中正紀念堂，上車發現那車子有點說不出的奇怪，行車證照與車牌都登記在桃園，灰白頭髮的司機先生有種陷在自己世界的情緒，卻不是遲緩的類型。接著我觀察到車資跳表跳得太快。這段車程要價快三百元。

常坐計程車的我立刻知道有問題，在息事寧人自保與據理力爭中，我選擇後者。我問司機先生那個跳表上價錢是不是太多了，這樣子可以從仁愛路坐到故宮了。司機先生惱羞成怒對我幹譙，這也在意料之中，我說，如果這樣我只好叫警察來評理了。

他下車作勢要打我，我默默看著他，他喊你有種叫警察啊。

於是，我打給台北市政府，從市民服務單位再打到交通單位再打到警察局，沒有人理我，而每一通電話都是我一通一通查號碼。每個單位都說這事情不是他們管轄，要我找別人。台北市交通局反反覆覆接到我電話後說，那車牌登記在桃園，他們無法跨區處理，我應該打電話到桃園報案。

我查了桃園電話，也是從交通局警察局一路互相推，最後對方說，雖然是桃園車牌，但是在台北犯案，你應該向台北市政府報案。

大熱天下，那本來惱羞成怒的焦躁司機，看到我求助無門，屢被公家機關打回票，表情變得得意，不斷對我揮拳頭罵髒話，叫我付錢，動手推我。

是的，最後我還是掏出了三百元給他，他收了錢之後繼續對我譙髒話。我那微薄的正義感讓我感到羞辱，因為我的確害怕他揍我，而我的正義感更在台北市政府與桃園市政府互相推諉的半個多小時電話中，被消磨得十分難堪軟弱，甚至為自己怎麼會有那種可以找警察主持正義的天真想法，覺得自己羞辱了自己。

又有一次，我在大理街行走，覺得旁邊有個清秀的年輕人怎麼老貼著我走這麼近，走到西園路口等紅綠燈，他還是貼著，我開始懷疑他想扒我錢包。但旁邊明明是大理派出所，他怎麼有膽在派出所前對我怎樣呢，我這麼盤算著。

綠燈一亮我立刻快步走，過了馬路他竟然還能追著貼緊我身側，他的手撩撥我的長髮，摸我的肩，要摟我過去。我嚇到腎上腺素迸發拔腿快跑尖叫，他竟沒躲還拔腿追我，我叫的時候旁邊商家都看到了但就只是看著。

我好像馬戲小丑那樣跑了一圈衝回大馬路，心想還是大馬路人多燈亮，一輛計程車剛好停在路邊，我開門奔上車叫司機快開走。

那人剛好追到計程車邊瞪著我離開。

司機問，情侶吵架嗎？

我眼淚差點飆出，忍著說不是。

我回家想了很久，決定自己不能只當可憐弱勢，要報案。

我打電話給大理派出所說要報案，跟那頭警員說明了事情經過。

「小姐，他雖從大理街就開始跟蹤你沒錯，可是他真正動手摸你，是你已經過了馬路到了對街，他才動手摸你的。過了馬路到對街，就不是我們管區，是另一家派出所管區，你要到另一家派出所報案。」

我一句話也說不出口，委屈與氣憤絞在一起。

那真是羞辱，我這種寫文章寫評論的人，滿腦子社會要進步要公平的天真想法，卻連報個案都不成。

我氣惱又憎恨，告訴一位女性前輩我的報案經過與不平。

她說：「誰教你穿裙子。」

我彷彿跌入另一個更瘋狂超現實的世界：「你說什麼？」

我現在想起來，都討厭我自己當時竟然顫抖著聲音回答出這種可笑的話：「我穿的是長裙不是短裙，你是不是誤會了……」

她說：「都一樣，總之你穿裙子就是要凸顯你的女性魅力，被摸是自找的。」

恨意

我常在等紅燈時發傻放空，沒意識到打空檔的車子其實正在緩緩滑動。有一次就這樣，等紅燈的時候，我的小白車輕輕地慢慢地滑向前，親了前面車子的屁股。

我回神了，立刻拉起手刹車，打開車門走出去，對著前面那輛車走出來的男人道歉。

「對不起，是我的錯，我沒注意到車子在滑，真是對不起。」我有點焦慮，還微微鞠了躬。

那男人穿著休閒襯衫與休閒棉褲，點點頭走到兩輛車中間，低頭看，抬起頭對我微笑：「沒事，就輕輕碰了一下，也沒有傷痕，你不要緊張，沒事的。」

我正覺得自己遇到好人，人間處處有溫暖的時候，那車另一邊門打開了，一個孕婦顫顫巍巍、眼神帶著殺氣走下來，她邊走向我邊開口大罵：「誰說沒事的？是誰說沒事的？」

她厲聲對我吼：「誰跟你說沒事的？」

「這車是我出錢買的登記在我名下，他說沒事，他憑什麼說沒事，我說有事，我說有事，誰跟你說沒事，你怎樣？」我看到孕婦在太陽下臉上都是汗，但她凶惡痛恨什麼似地指著我破口大罵：「你憑什麼撞我的車還以為沒事？當然有事！」

那人被老婆一頓搶白後突然失了剛剛的悠閒風度，急得拉他老婆，不讓老婆上來對我做什麼，他老婆還繼續罵，他連說「走吧走吧要綠燈了走吧」，孕婦在一邊罵一邊回頭瞪我上車。

我感受到的是好像比車子親到她的車屁股更嚴重的，恨意。是恨意無誤。我從喜孜孜覺得自己好運到愕然羞慚，悶悶地回到駕駛座，換成我被罵得滿頭是汗，綠燈剛好亮了。

有很多年我都開車上下班出入，有時候覺得開車的時候人們的性格以及語言都變得凶惡尖刻。我猜想，車子應該是暴露在外頭總是面臨危險的資產，一旦跟誰碰了撞了，就像肉搏戰，就是身家受損。人保護自己財產的狠勁就毫無遮掩。電視上演的那種兩輛車擦撞，彼此下來交換名片，請保險公司處理的文明畫面，其實根本不存在吧。

又有一次，我在舊時東區的延吉停車場找車位。環著停車場一次又一次繞，希望運氣好碰到車子正要走。因停車場路窄，前方若有車停下，後面的車便有默契或包容地也停下等待，知道那是前面車輛找到車位，會耐性地等前面車子停好，繼續往前。這種包容也建立一種默契，萬一是自己先找到車位，希望後面的車子能耐性地給時間讓自己把車停好。

我那次終於在繞好久之後見到一輛車正要離去，開心地將車暫停，等待停入那車位。後面車卻不停按我喇叭，猛烈急促不耐。我搖下車窗比比手勢，希望後面車理解。但那車還是瘋狂按喇叭。

接著我後面的白色賓士走出一個戴著設計感眼鏡身穿名牌的男人，他瘋狂邊走邊罵，走到我車窗旁繼續對我的臉吼：「你他媽的賤人憑什麼車子停下來擋我的路！你不會開車是吧，不要臉的東西，賤貨臭逼，你這賤女人擋我的路還不滾，路是你開的嗎不要臉的東西不要臉的破麻，操他媽的今天是老子不打女人，要不然我就打死你這賤女人，你有沒有男朋友，叫他滾出來，我不能打女人我打死他好了你這賤貨……」

我不開車很多年了，因為那幾年開車，我的日子有種與世隔絕的感受，在家一個人，車程一個人，回家後又一個人。

我把車子賣掉後，搭捷運，見到來來往往許多人，突然覺得聞到好久不曾聞到的人的味道，一時有種突然明白了雞犬相聞的那種團體感，站在捷運站中間癡癡傻傻地笑得高興。

特別是我想到，開車這回事似乎有種神奇的能力，能把人平時隱藏的恨意不知不覺地引出來；而人的心裡，平時竟然靜悄悄地住著那麼強的恨意，到今天都能令我驚奇。

Me Too

我忍不住想，Me Too運動為什麼沒在台灣，或我生活過的文化界媒體界形成一波風潮，是我們台灣社會的性別尊重教育做得比較好嗎？是文化界媒體界這樣超嚴自由主義為弱勢發聲的「讀書人」圈子，比較文明嗎？這也許不是我能做客觀論述的問題，儘管我心裡有我的答案。要出來指控，在這個社會對抗的不是另一個性別，而是整個社會體制將會壓迫下來的久遠龐大成見。

而此時我不是要指控，我在年輕的時候就沒有力量對抗，如今更無餘命與之對抗，只是許許多多事情從腦海竄出，有的事就在我眼前發生，有的是我的親身經歷。

在我還是年輕人的時候，有次我們組的同事們約了去唱歌，也邀了別組比較相熟的同事，特別是我們那個素來以難以相處被視為娘娘的女主管，竟然有位據稱是她多年友人的新來別組資深女生，據說她們認識多年，以及我們整個大中心的大主管。

在KTV喝啤酒大聲唱歌，可怕的娘娘看到她寵愛的幾個組內成員用力表現，也露出歡樂的笑容。娘娘的那位女生友人，和娘娘的冷剛好性格相反，她以活潑多言愛鬧但學養過人的矛盾性格聞名。這位姊姊喝酒唱歌也更加熱絡。就這般鬧著鬧著，突然一聲驚呼伴隨著麥克風的巨響，大家驚呆。原來是娘娘所寵愛的我們組內一個男生，藉著酒意，伸手摸那位活潑姊姊的胸部。但姊姊潑辣哪容得人欺，立刻一反手把手上的麥克風，往那男生臉上倠了過去。

潑辣姊姊斥責這位看起來白淨斯文的男生。而我們那位娘娘，不聲不響，表情帶著奇特的敵意情，看著自己的朋友罵自己的寵臣。那男生本就是個小人，眼見主子沒說話，心知自己不會受責，也一句話不說，好整以暇地看著潑辣姊姊自己唱戲。現場一片尷尬。

這時候，現場最大的官，也就是我們中心主任，留著鬍子的中年男人終於發聲了：

「哎呀，你又不是處女，都嫁人了，幹麼這樣子大驚小怪啊！」

那潑辣姊姊盯著自己的主管，以及露出勝利的表情的她的朋友，還有那位伸出鹹豬手的小人一臉得意。旁邊的人很識相地又大聲歡唱起來。

還有很多記憶竄出。有次時尚消費線的大姊大約我去和她的時尚組友人玩。那裡的人我只認識一兩個，因為平常工作上沒交集。但我還是樂天笑嘻嘻地端著香檳開心啜飲著。一個大夥們介紹是某鐘錶大公司總經理的時髦男人坐了下來，因為椅子不夠，我坐的是中型無背沙發，大家就讓他來和我一起坐。這個我不認識的男人，沒多久後，手就在我的臀部上來回。

可這裡我誰都不熟，便藉故上廁所躲開，但只要我坐回，他的手就來。後來我就說累了要回家了。

事後我向那天也在這聚會的一個時尚線姊姊說了。她第一個反應是：「你知道那個男人在業界多受歡迎嗎？」

我知道，我的控訴還沒成立就要消失了。

後幾天，那時尚姊姊和她老公跟我說：「那男人啊，多少女人想要，但他只和頂級美女來往，之前Ｘ週刊封面拍到的ＸＸＸ大美人過夜的緋聞對象，就是他啦。所以啊，他摸你，代表你就是美人級的喔，普通人他才看不上哩！」

後來，以及後來的很多年，陸續發生了更多事，但我知道，對人求助，只會自取其辱。像是報社裡慣性性騷擾的主管，但此豬哥對上關係做得好，所以他的官還是一直升。我曾向一位對我很照顧的正義女長官說了豬哥的事，但就連正義女主管也抱以懷疑的口氣回我：「是嗎，他和我同事多年，他可從來沒對我動過手呢，你說的是真話嗎？」

後來我們這一代的人都紛紛離開那報社，但這豬哥還在那邊繼續當官。

我問我自己為什麼沒站出來，也就明白了沒人站出來的原因了。

星辰

我來說一下喬·固爾德（Joseph Gould）的故事。

約莫一個世紀前的紐約，作家固爾德在那裡享有名氣，人們視他為有趣又有使命感的怪胎，住在格林威治村一帶，那邊他常晃蕩的酒館餐廳常常接待他，人們也稱他海鷗教授。這樣一位學養豐富卻到處漂流的人，正在進行一部有史以來最巨大的著作《我們時代的口述歷史》。喬告訴大家，他要將他認識的紐約人的故事寫下來，為時代留下見證。

喬·固爾德生於一八八九年的波士頓近郊，他畢業於哈佛大學文學院，曾到加拿大研究地貌，回到美國後曾到北達科他州研究印第安文化，也因這些研究贏得尊重。

一九一七年喬·固爾德到了紐約為《紐約晚報》當記者，也在這段時間他如神啟一般，開始了寫一部史上最巨大書籍的想法，用這樣巨大的篇章，用一個個活生生的小人物的故事，由小人物真實生活的口述歷史，真真切切構築出時代的面貌。喬·固爾德是一個迷人有趣的人物，他活得像流浪漢一樣，然而他敢言善批評，諷刺時事。這位海鷗教授批判歷史詮釋權總被權力把持，他的口述歷史要寫下真真切切的小人物的人生，那才是歷史的真相。

喬·固爾德相當瘦小。他的身高只有五呎四吋（一百六十三公分左右），體重不過一百磅（四十五公斤），然而他說他那部巨大的口述歷史的計畫的手稿，疊起來就超過他的體積好幾倍，因此他把手稿藏放在一個倉庫之中。他也為了這部口述歷史計畫進行募款，不少文人雅士都曾在經濟上短暫地資助他。

當時一位記者米契爾深深為喬的書寫計畫感動著迷，兩度在《紐約客》雜誌寫下喬·固爾德的專訪，並給了固爾德海鷗教授這樣的稱號。流浪漢、波希米亞人、跨世代文學的叛逆迷惘中也試圖追求自我價值，這些特質結合在喬·固爾德身上。喬．固爾德與他的口述歷史計畫創造了傳奇。

不過，這一切都是謊言。

這部有史以來最巨大的書，這部以小人物的生命點滴累積而成時代見證，根本不曾存在過，根本不曾被寫下過。

米契爾後來以他在《紐約客》的那兩篇專訪為基礎，在一九六五年寫下《喬．固爾德的祕密》這本書，傾訴這個荒誕怪異的老人以及他偽造的傳奇。這本書在二〇〇〇年曾被改編拍成電影，由史丹利．圖奇執導，伊恩．霍姆演出這位教授。

我是從這部電影開始認識喬．固爾德的故事。這部電影巧妙地從米契爾與喬．固爾德之間的關係開始。這位記者仰慕這位老人，為他著迷，熱血地支持他的口述歷史計畫，但隨著時間過去，喬．固爾德的酗酒並過度介入這位記者的私人生活，讓他十分困擾，而那部史上最偉大的口述計畫，從來沒人見過。

我記得電影中，這位記者憤怒地質問喬．固爾德，你的手稿在哪裡？為了證明你不是騙子，讓我看你的手稿。喬．固爾德不願意，他必須保持作家的尊嚴，作品尚未完成之前不能曝光。但當兩人一再衝突，有一次這老人終於願意帶記者去看。他帶著他繞了好多路，到了一片巨大的建築工地，其實視覺上更像是廢墟。他的記者友人問他，手稿在哪裡，在哪裡？

喬．固爾德的臉失去了過往的光彩意氣，只是陰暗沉默地呢喃，本來應該是在這裡的。

騙子。你其實一個字都沒寫。你只是說。

米契爾對他十分失望，情感上受傷，離開這位老人。

在這部電影中，描述出來的喬．固爾德，與其說是一個刻意的騙子，其實更像是一個充滿創造欲望卻怎樣也寫不出來，永遠處在創作死角的人。

就像許多人會說，其實我想寫小說，其實我想畫畫，可是終其一生沒寫出一個字，沒畫完一張畫。

如果那個創作欲望是真的，但一個字也寫不出來，那真是最折磨人的痛苦。沒經歷過這種痛苦的人，會非常殘暴地辱罵這種人，你不過是眼高手低。

事實上，裡頭殘忍荒蕪，是十分尖銳細膩的。

就像電影的結尾，過了好多時間後，米契爾終於能夠原諒那位曾經占據他滿心崇拜的老人，終於到療養院探望喬．固爾德，但那老人頹喪恍神甚至不知道意識是否仍然清楚。米契爾正要離開的時候，老人卻叫住了他。那一刻老人的眼神突然恢復了正常一樣，清醒卻十分哀傷，但可能幸運地享有了一點平靜。

老人喃喃地說：「不是眼高手低，從來就不是眼高手低的問題。」

老人的眼睛像是飄到銀河系眾多星球裡的一顆星星：「只是，總是這樣，當我要寫的時候，那些思緒匯到我的指尖，它們就從指尖流失了。」

友誼

Friendship

創作者之間忌相濡以沫，小團體彼此滋養餵哺，彼此拉拔互餵久了，看法趨同，愛憎漸融，長久來看傷害甚大。但誰都知道創作的孤單，讓人渴望能夠體會同樣困頓的人的支持，體會一點歸屬與安全感，而幸運的話說不定真可以在某瞬間得到靈犀相通的啟示。

然而創作者本質上就很少是好相處的人，縱有友誼，也容易疏遠甚至反目。理念上的分歧，成就上的競爭，知交也會變敵人。歲末年終，對人情聚散有感，便寫這命題。

從俄羅斯到歐洲，納博科夫在一

九四〇年流亡至美國，那時他還是籍籍無名的中年小卒，在好幾個大學教語言謀生。當時美國的知識圈對於在蘇聯發生的事件與革命由衷同情，也對俄國人充滿好奇，納博科夫在紐約結識的諸多作家、學者與評論家中，交情最深的當屬評論家艾德蒙．威爾森。

他們認識的時候威爾森四十五歲，納博科夫四十九歲，威爾森當時處在漫長事業生涯的中間點。威爾森對事物抱持廣泛的興趣，了解並著迷外國語文及文學，對法國與蘇俄作家相當喜愛。威爾森與納博科夫的友情可能是異質相吸，充滿感性，見到彼此總是非常喜悅。他們見面次數並不頻繁，各自忙於工作與生活，友誼與對談很重比例是靠著書信建立的，可查的書信紀錄長達二十多年，談生活談瑣事也談文學。

威爾森對作品的接受度自然比較寬，納博科夫就像海明威一樣或藝術家一般，對作品很有自己的愛憎，只看得上很少的人，也把其他作家當成競爭對手。威爾森比納博科夫在意作品的社會與歷史背景、心理線索，納博科夫在意的是放掉「所有社會與歷史背景的線索提示」，偏好追溯他認為「令人著迷的主旨軸線」（像是迷霧的主旨、鳥類的主旨或犯罪、論證、兒童苦難等）。很多威爾森推崇的作家，納博科夫根本看不上眼，而威爾森如同其他同代美國知識份子對蘇聯列寧政權的天真想像，納博科夫完全不能認同，他們常鬥嘴。

納博科夫出版他轟動的《蘿莉塔》，有些人視為天才之作，有些人則認為是骯髒的小書。納博科夫雖說自己根本不關心這些評論，但曾在信中埋怨，他的故事或許讓人覺得色情，但他的原意是悲劇，是愛情。威爾森告訴納博科夫他比較喜歡納博科夫的其他作品，《蘿莉塔》簡直齷齪，當然齷齪主題也可能寫出好書，但這本書不是。納博科夫也常拿威爾森小說中的情色情節在信中大大嘲弄威爾森。

也有傳記作家認為，威爾森對巴斯特納克的《齊瓦哥醫生》的熱愛，是他與納博科夫漸行漸遠的原因，因為納博科夫十分看不起這本書。也有人揣測兩人的交惡，與威爾森嫉妒好友在財務上的成功有關。其實在一九五〇年代，威爾森的成就紛沓而至，但他有九年時間都忘了申報所得稅，後來必須繳交的罰款及稅金讓他經濟窮困，而納博科夫在六〇年代成了有錢人，得以引退到瑞士日內瓦湖畔過日子。但造成翻臉的關鍵事件，是納博科夫翻譯俄國作家普希金的《尤金．奧涅金》，還加了超過原文長度的細密註解。威爾森發表了一篇評論在一九六五年刊登，將這部譯作評為令人失望之作，在翻譯上他們的見解差異太大，他也因納博科夫根本誤讀詩的中心動機，評論中還帶了嘲弄，儘管兩人之間過去來往互帶嘲弄司空見慣，但嘲弄中若帶著惡意，就具殺傷力了。納博科夫在一個月後發表相對溫和的回應，威爾森又寫了簡單回應。

爭議也許本可以就這樣了結，但一九六六年納博科夫展開反擊，寫了一篇文章為自己辯護，直接攻擊威爾森，火力十足。兩人都覺得深受侮辱。

這段漫長的友誼變調了。一九七一年，兩人都是遲暮，納博科夫曾試圖挽回友情，寫了一封溫馨的信給威爾森，在這之前幾年納博科夫日記中就寫到他夢到了威爾森。威爾森則回了一封客氣而溫暖的信。只是，威爾森在一九七二年過世了。

一九七四年，也就是威爾森去世後兩年，納博科夫寫了封信給威爾森遺孀，回憶他們曾經擁有的友情，回想他們長久交往中最好而不是最糟的那部分。

才華是什麼？

What Is Talent?

我常常問比較熟的藝術家朋友一個問題：如果你的女朋友（男朋友）愛你是因為你的才華，你能接受嗎？那愛的對象真的是你嗎？那真的是愛嗎？

有人沉默琢磨，有人反過來問我，這是個問題嗎？才華難道不是我的一部分嗎？但說著說著又不是百分百確認似的，顯得有點煩躁。

如果郭台銘沒有錢你還想和他交往嗎？如果郭台銘沒有錢，你還會不會在意，他在生活裡是什麼樣的人，什麼樣的性格？雖然說，他的性格是造就他成為有錢人的重要特質，但這個人身上與賺錢無關的、生而為人活著的品行與表達方式，更甚，他生而為人的核心是什麼，他靈魂的形狀與顏色，有人感興趣嗎？

那甚至不是一般男女約會時在意的對方喜歡吃什麼、看什麼電影、讀什麼書，也比這個人是否善良、正直、有理念更深刻，那更接近於，他一人發呆時是什麼表情？他看著天空的時候，是什麼東西飄過他的心？

因為錢而喜歡上一個人，大家會覺得那不妙、勢利，覺得那不是真愛，因為大家相信錢是身外之物。因為一個人長得漂亮喜歡他，那也會被質疑膚淺、物化對方，因為性吸引力往往會隨時光流逝，某種程度那也是留不住的身外之物。

那麼，才華究竟是一個藝術家體內不可分割的一部分，或者，那是上帝給你，隨時可能回收，並不真的屬於你的東西，它也是一種身外之物呢？

當一個藝術家自問，一旦我不畫畫，當一個小說家自問，一旦我寫不出東西，我的另一半還會一樣愛我嗎？藝術家朋友們通常會陷入一陣沉默，彷彿他們從來不曾質疑過自己的才華會不會消失一樣。

有個帥帥的青年藝術家說，也許一開始是因為才華而和我交往的，但交往以後對方會逐漸發現我其他的部分，作為一個男人作為一個人其他的特質，這樣就可以了。

在我眼中簡直是天才的小鬍子藝術家，想都沒想地回：「才華！當然是才華！」他著魔似的眼睛閃著亮光：「像我這樣的人又不帥又不是家財萬貫，女生愛我當然是因為才華，哪有別的可能！」

還有一位藝術家朋友說起他的前女友對他的藝術創作執著在意的程度，似乎遠遠大過對他這個人的在意。如果他不創作，如果他有天江郎才盡去賣炸雞排，他不敢想像她是不是依然愛他。

長久以來人們對藝術創作的才能多懷著神祕的嚮往。就像那句看到才華特殊者，大家常說的「老天爺賞飯吃」，意思就是那其實是上天賦予你的特殊能力。而既然是上天給你的，老天爺也隨時可以收回去，不是你的。然而，藝術創作的才能真的完全是天賜的嗎？也不是。創作的才能光有天分還不成，還需要持久的努力、不斷的練習、勤勞而熱情的觀察，這些都是創作者必須具備的重要特質，而這些完全是屬於他的。

然而，曾經歷過創作至某一瞬間而忘我的人，曾經遭遇過那種接近神諭，彷彿某種訊息流過全身，而在近乎恍惚的瞬間後醒來的人，一定深深明白，那一刻自己似乎不是自己。不少藝術家看著自己創造出來的作品時，也會痛苦困惑，這真的是出自我手？

是身外之物還是個人特質，藝術家小說家或任何創作者，總是執迷於創造出比上一次更接近完美之作，永遠想捕捉那難以捉摸的幻象之光，但可能也會愈來愈困惑，自己算不算真正被愛，那些仰慕我的人看到的是真正的我嗎？某種角度來看那真殘忍。

成真

Comes True

上次談到小說家納博科夫與評論家威爾森兩人曾是好友，後來卻反目不來往。威爾森曾在各種報章雜誌撰寫評論，擔任過記者，自己也寫過小說、詩集與劇本，但以文學評論最為著稱，他出版的評論集對美國文學批評傳統的建立與部分現代主義作家地位的確立有很大的影響。

威爾森熱情，作品風格平易近人且富生命力，他喜歡作家以他們生存的年代、為人處世的風格以及他們的作品被理解。威爾森同時也是富有相當省思能力的一個批評家，他清楚書評家或評論家可能會因為建立或破壞作家的威望而自滿狂妄，這是危險的，更重要也更絕妙的是，威爾森他還寫下文章提醒讀者這樣的危險存在。

「書評家就像其他的作家一樣，也都有他們的自我意識；而且，因為書評家總是在閱讀其他作家的書，因此他們也就更難以主張己見了。有一個很好的辦法可以讓書評作家由衷產生一種創作感，就是鼓勵新作家，並且讓書評家認識這些仍然默默無名的新作家。要是書評家面對的是已為人所知的作家，他們必會油然而生一種權力感，想要打壓作家建立權威，這樣的心態一定要納入考量。在過去幾年的文學世界中，我們目睹了許多作家在他們還無人聞問時，受到評論家大力推崇，但後來就被貶抑輕蔑了。」

評論家鼓勵新人可以享受到自己一種近乎創作，只有自己看到新世界而他人還未領會自己所見之美妙的興奮感受。威爾森早期對海明威在一九二〇年代出版的小說《太陽依舊升起》給予好評，但其他評論多認為海明威這本書只是不入流的小悲劇，對於海明威所談到的「失落的一代」以及他所談到的那些酗酒粗鄙行為也認為是作家刻意的哄騙與美化。但威爾森認同小說中的描述，認為這部小說的焦點正在於男女主角們與世界的脫鉤舉動，他們試圖找到生存的方法，儘管這樣的嘗試可能讓他們在現實中失去一切。威爾森也相當鼓勵費茲傑羅與其他知名度不高的作家。他在四〇年代納博科夫剛到美國時伸出了溫暖的手。

難以揣測究竟是不是應了威爾森年輕時候談書評心態的論點，或者，是出自專業的見解實在分歧，五〇年代末納博科夫發表花了巨大工夫翻譯普希金《尤金・奧涅金》為英文，光註解就達兩千五百頁。不過威爾森發表長篇評論，認為他的老友嚴重誤解了普希金，幾次發表文章批評，兩人就此決裂。

日本作家柳美里早年投入小劇場，並成立自己的劇團，她曾寫過，某家報紙的影劇記者K氏，是最早將她捧上版面評述的人。當時柳美里才十九歲，哪個劇評或哪個記者會對平凡小女生的處女作感興趣，誰會聆聽她的想法，遑論到劇場親自看表演，只有K。事後K甚至在報上寫了評論，劇團的人十分驚訝，每個人都買了十份報。

在其他評論家或記者對柳美里作品感興趣之前，只有K持續撰寫有關柳美里的評論與報導，誰知道，當柳美里知名度稍有提高，K突然停止了對她的關愛。

柳美里打電話給K，邀請他來看作品演出，K卻不快地喃喃說著「我的任務已經完成啦」，從此不再現身。

K是個很特殊的人，柳美里後來聽說，K年輕時曾在某劇團採訪時，與演員發生口角，演員拿起刀往K身上刺下去，滿身是血的K卻說，這樣子回不了辦公室工作，叫人幫他買件乾淨T恤。次日版面上是大篇幅的這劇團將要海外公演的消息。

日劇《協奏曲》中，男主角之一的田村正和演一位成功的建築師，和初出茅廬的木村拓哉都愛上了女主角宮澤理惠。我一直記得一個小角色，是田村正和的前妻，由余貴美子飾演。前妻在田村正和默默無名時，一起過年輕的苦日子，但丈夫成功後，前妻卻覺得隔閡失落，離婚了。

田村正和有次去看前妻，前妻說現在過得好，現在的丈夫是二線的棒球投手，每天都很努力地練習，想要往上到一線投手。前妻輕柔地微笑說，雖然她知道他年紀、體力等條件都不行了，但只要看著丈夫那樣努力向上拚命的樣子，就很滿足。

也許，有的人注定只能與冉冉求上升途中的藝術家為伴，因為心中所鍾愛激盪的是那才華揮灑掙扎向上的努力面貌；有的人則注定此生將和成名得利者為伴，因為喜歡與權重並肩的榮耀與安全感；有個人拉抬新人卻忍不住貶抑成名者，出自威爾森所說的心態。

那是一種同一感，和什麼人為伍久了，便覺得自己成為他們同一種人，寫文章的，記者學者評論家皆然。我以前覺得，這種同一感是假的，本質上的不同就是血淋淋現實。但現在這半年一年看看，結果看來，其實也未必那麼假，有些人弄假也就成真了。

俗物

Ordinary Stuff

柳美里早期的一篇文章中談到，一位編輯說起小說家松浦理英子雖然成名，但一直在沒有冷暖氣也沒有衛浴設備的公寓裡頭住了許多年。這位編輯的口氣滿懷敬意，描述自己撞到抱著臉盆，從公共澡堂回家的松浦理英子。而另一位作家笙野賴子則在接受雜誌訪談中說，自己只要一投入新的作品，就會足不出戶，隱身在公寓中一個多月。不管是大眾制式想像中的嚴肅的認真的作家的形象，或是作家喜歡自己製造出來的喜歡讓別人理解的自己的形象（事實上可能是雞生蛋蛋生雞的狀態），所謂嚴肅的、文學性高的、認真投入的創作者，必然是那種與俗世隔離斷絕，鎖在自己孤獨的內在世界，最好還在生活上受苦受難，才是正統的認真的創作者。柳美里以大江健三郎、丸山健二的形象為例，看起來就是完全截斷與世俗的關聯，活在自己孤傲的世界裡。

這事情到現在可能也沒什麼太大改變。看起來燦燦亮亮的，對世俗物性歡喜追逐的人，比較大眾通俗小品之階，看起來孤傲悲憤受苦的，其作品必然比較藝術性高文學性高，程度比較超凡。

男性作家不太寫俗物性的描寫，會被當作人當作大眾作家或雜文作者，也不能在訪談之中讓人見到自己對於俗物流行有什麼歡喜偏執，那是不重要不偉大的，那是女人家的或比較不崇高的範圍，不文學就是。女性作者也許比較沒這侷限，因為女性長久以來早與俗物性的連結順理成章，本質上大眾期待就沒那樣崇高。本來就罕有人（不管男女）能像張愛玲那樣寫俗物寫得讓人驚心動魄毛骨悚然，那恐怖的才華讓人不敢隨便拿通俗大眾的帽子瞎戴她——其實就算是張愛玲，一開始也自以為或被以為是鴛鴦蝴蝶派作家啊。所以多數的狀況是，女性作家要自我或讓他人認同，自己在寫作上是玩真的是嚴肅的，就很本能地要讓自己在行為或價值上也認同大眾心中的嚴肅文學是什麼模樣，也盡量活得像重要的男性作家那樣——與世俗截斷，困在孤高的痛苦世界中，如此一來其作品之文學性在獲得他人之肯定時會比較少受到阻礙，自己好像也能夠比較理直氣壯。這無必然關乎功利性的自我形象塑造（當然很可能部分人的確是形象塑造），但更可能是偏見的反覆交替，彼此餵哺，造成令人啼笑皆非的愚蠢。

不久前讀到一篇文章，一位出版界人士寫他看到自己身在出版界對圈內編輯的思考。他說，出版編輯的夢想就是希望自己能夠編一本暢銷書，最好作品好，行銷成功，作品大賣，創作者得到認同，自己的專業也獲肯定。可是，真當身邊哪本書造成大賣風潮，文青編輯們的第一反應是，那書肯定藝術性文學性不高，所以才能大賣，暢銷書的深度肯定比較不足。於是，當他們手上正在做一本書，如果那書程度挺好，他們便感到那書應該是不會賣的，因此行銷也不需要太用力，如果那書真是大眾通俗的，他們便覺得不那樣拚命應該也是可以賣的。甚至，一方面希望自己做一本大賣之書，另一方面又覺得大賣之書肯定是比較不嚴肅的不文學的。那位作者便直言，如果是這樣的心態循環，無怪乎出版界陷於困境，處處都是哀嘆難做的呼嚎，但仔細看其實在嚎叫中隱含著些許傲慢呢。

再見

See You Again

蔣介石的鬼魂與毛澤東的鬼魂在三叉路口相遇，兩個鬼在那路口等，等一個永遠不會來的人——一個名叫未來的人。

他們是中國近代史叱吒風雲的傳奇人物，曾經是海峽兩岸超過半世紀的政治象徵，他們是兩個敵對陣營的領導人物，同時，他們也是兩個不同的思想體系、兩種不同的人格，更是兩種不同的思索進程與懺情。

等待未來到來的漫長時間，兩個鬼要追討過去的功過？繼續交鋒？或試圖理解彼此？兩個鬼魂等待的未來，是同一個未來嗎？那個未來，為什麼還不來？

這是北京人民藝術劇院導演李六乙與兩位重量級演員樊光耀、侯冠群合作推出的舞台劇《再見》，他們將讓兩位英雄在死後重逢，李六乙在《再見》的結構上融入西洋戲劇經典貝克特《等待果陀》，讓兩個鬼魂一邊對話一邊等待不會來的未來。

歷史上蔣介石與毛澤東有兩次會面。

第一次是史稱的第一次國共合作，共產黨決定全體黨員以個人名義參加國民黨，與國民黨建立統一戰線。一九二四年孫中山在廣州召開國民黨全國代表大會，大會通過聯俄容共方針，包括毛澤東在內的十位共產黨員成為國民黨中執委，多位共產黨員在國民黨中央黨部負起重要職務，其中，毛澤東擔任國民黨的宣傳代理部長。當時，蔣介石擔任剛成立的黃埔軍校校長。在那場代表大會中，毛澤東與蔣介石都發表了演說。

第二次是一九四五年的重慶會談，也是第二次國共合作。當時擔任國民政府主席蔣介石邀請共產黨主席毛澤東到重慶談判，希望以協商方式處理抗戰後的政治與軍事問題，如何重組政府並避免內戰，這次會談並未取得具體成果。

導演李六乙的想法是，那麼，就讓第三次蔣毛會面發生在他們死後吧，讓他們的靈魂相遇。讓他們談談，不過這齣戲無意評斷歷史功過，也無意為蔣介石或毛澤東任何一人辯解，他希望的是用過去不曾有過的角度，審視這兩個人物與兩個不同的思想體系。

李六乙說，過去大陸人提到蔣介石就是蔣匪，台灣人提到毛澤東就是毛匪，兩人都因政權的需要不是被偉人化就是被妖魔化，換句話說，我們理解的歷史是假造而片面的。特別是近年來兩岸關於毛澤東與蔣介石的史料研究增加與態度開放，對於這兩位人物的理解與評價也可以更為多元。

他表示，現在兩岸的關係看似開放，其實有許多觀念與文化認知的差異非常尖銳，他認為，重新研究這段風起雲湧的近代史，重新認知這段對華人世界影響甚鉅的年代，有助於思考未來的走向。

「用更寬廣的角度去理解過去，也許可以趁此想想未來，未來究竟是活路還是死路？我不禁會想，蔣介石與毛澤東如果還活著的話，現在的世界是他們料想得到的模樣嗎？」

但是，歷史的解讀何其複雜，一部舞台劇也不可能說清楚歷史糾纏的謎團，李六乙回到舞台劇藝術處理的層面，將這齣戲回到兩個不同人格與哲學的辯證。而這麼處理首要的就是進行大量的研究閱讀，塑造蔣介石、毛澤東的人物性格。

這兩人的人格特質是極端不同的。

蔣介石出身浙江奉化，是偏房之子，不受重視，蔣介石自小頑皮莽撞，由於出身不好，他一心只想往上爬，想出人頭地，但他事親至孝。蔣介石到上海與青幫來往，又跑到日本結交了革命黨，他曾經犯下暗殺罪行，也曾娶妓女為妻，成為軍閥之後也不是特別有力量的一支。他一心力爭向上的過程中，從來都不順利，儘管有了點局面與權勢，但每次稍微得到一點進展，就又立刻招致挫敗。有趣的是，蔣介石早年是江湖流氓，但中年後渴望詩書，晚年更成為基督徒，大量思考人生的意義以及自己的罪孽功過。

毛澤東則是教師出身，是個讀書人，一生著迷哲學。毛澤東的性格是詩人、藝術家，是狂人，那些慘烈的政治鬥爭對他來說不過是場小兒科的遊戲，他輕輕鬆鬆地不費力就可以獲勝操縱，多數時候沒人了解他神遊在自己的哲學世界中。毛澤東心性狂放、不受拘束，他認為政治家最大的特質應該是想像力，每次做出重大政治決定前，毛澤東喜歡一個人到大自然中看看山水，沉思之後便有驚人決策。毛澤東的狂放愈發嚴重，晚年簡直處在瘋狂邊緣，他不刷牙不治病鬥爭玩女人。

換句話說，蔣介石在心性上是江湖流氓走向收束懺悔的歷程，毛澤東則是讀書人藝術家走向瘋狂的歷程。「蔣介石是七分人性三分神性，毛澤東是三分人性七分神性。」李六乙說：「而兩人都是極有魅力之人。」

兩位近代史風雲人物在舞台上對話，有時候看起來像是自我辯證，又像是喃喃自語，時空交錯，一下子落入過去，一下子躍至現代。有趣的是，擔綱演出的樊光耀與侯冠群，似乎和這兩個角色都有深厚緣分。

樊光耀年初因戲理了個光頭，他頂著光頭碰到幾位朋友，說他好幾個角度都神似蔣介石。樊光耀遇到侯冠群，說起這事，侯冠群也說起自己在九〇年代中曾參與日本紀錄片演出，演的就是毛澤東。

樊光耀說，就演員的專業來說，扮演蔣介石或毛澤東最講究的不是像或不像，或者說，像與不像都不是在模仿擬真這個層次上而已，能夠抓住蔣介石的人格特質，抓住劇中這個角色呈現的生命體悟，這齣舞台劇不是模仿秀，也不是歷史劇，它有更多可以玩味解讀的藝術角度。「希望除了像或不像，觀眾可以掉入角色的生命體悟，到最後，說不定會覺得這兩人是不是蔣、毛都沒關係了。」

侯冠群表示，自己正處在五十歲的關口，對人生也有很多感慨與困惑，像是生死，像是人的功過成就，像偉人是什麼，平凡又是什麼。而就在這個人生關口上，剛好演出《再見》，是個奇妙的機緣。他年輕時對蔣介石反感，近年因蔣介石私人日記的公開，他對蔣介石有了不同認知，特別是蔣介石幾經挫敗，他好奇蔣介石面對連番失敗內心的衝擊及支撐的力量。

除了樊光耀與侯冠群演出的蔣介石、毛澤東這兩個主角，劇裡還安排了一對平凡夫妻現身，丈夫是個傲慢又膽怯的知識份子，妻子是拖著孩子、有著莽撞生命力的婦女。

這對夫妻是蔣介石與毛澤東等待的未來嗎？

不是，這對夫妻只是經過，未來，還沒來。

九〇年代

The Nineties

來到二十一世紀的第十七個年頭，已經不能稱此時此地為新世紀了，儘管我仍常懷想著動畫《新世紀福音戰士》的壯闊盛美，那個新世紀於我是種哲學或者美學上的影像了。

有一次我問偶發大叔哀矜之語的中年男生，還記不記得二十世紀的最後一晚在做什麼？他愣住，過了一會兒望著我說：「我……天哪我不記得了。我合理推斷應該是和朋友在什麼地方聚會送走那晚，應該是這樣吧，記憶一片模糊。」

「怎麼會這樣呢？」他喃喃自語：「那可是一九九九年十二月三十一日，

二十世紀的最後一刻哪！新舊世紀交會之際，當時看作那麼大的事，可是，我現在什麼都想不起來。」

我也驚訝，原來懷舊的情緒是這樣的，平日那麼多滿溢的傷感，好像對舊日滿是懷念，其實，只是情緒的返祖，但對過往的記憶是散失的，才十幾年前的事情就想不起，自己人生的一部分淡忘，個人曾經經歷過或見證過的這社會的風起雲湧，也彷彿沒發生過。這麼近程的事，人們可以從來不加整理也不予把握。人們總覺得所謂歷史，是教科書上的，不是自己生活史的一部分。如果是這樣，那麼這些人或這些人書寫出來的歷史，我總覺得某個程度都是假的。

我是那樣相信，自古以來，男人治史粗魯夸言的所謂江湖天下家國政經，其實都可以收攏摺疊在一塊微型衛生棉之中。

前兩年因為寫《生活是甜蜜》這部小說的關係，整理了上世紀九〇年代的光景，以及自己九〇年代的青春歲月，試圖把那段時間的消費文化、當代藝術以及流行音樂等符號互文織入作品之中。那書從頭到尾寫的是段捷運車程：女人從台北東區上了捷運回她關渡的家，寫幾十分鐘車程內女人她九〇年代到現在的二十多年來，現狀與回憶的交錯。一方面我想處理的是藝術界的權力、階級與性別的問題，另一方面想說的是自古以來，藝術與愛情所交織而成的美麗幻象，激發人類獻身的渴望，蠱惑靈魂回歸的追求。有時候，那閃著朦朧光影的幻境，就在眼前，似乎伸手就可碰到，但你一伸手碰它，它便消失了。

上世紀的最後十年，那個全世界膨脹、擴張、天真、歡騰的年代，那個疆界消弭的樂園，以及於我這個微不足道的小小人生那短暫的青春燦美。

九〇年代的文化特色必須回到這年代的形成關鍵來談，一是來自股票市場的金融資本快速累積，另一是媒體的快速增加（對，老天爺，不是現在的數位媒體，是紙媒與電視頻道）。這兩者形成了九〇年代前半的重要特色。當時的顯學是種族、性別、多元文化主義，是各種疆界的崩解。想想蘇聯的解體與南非種族隔離政策的崩解，是最好的例證。那個時代的文化關鍵字是：全球化，落實在藝術活動上是一個接一個的跨國雙年展、三年展興起。大家幻想一個去中心化的天下大同景觀。而商業性的消費主義的帶動，則成為那時代年輕人認識自己與外部世界的方式，台北往國際都會發展，跨國百貨與信用卡，物質與身體的重新認知。

九〇年代中期以後，人類從類比時代踏入數位時代，這世代人們跨越了人類歷史的重要分界線，但當時渾然不知不覺。我們的青春就這麼從這時代跨進了那時代。數位時代的來臨，彷彿把天下為公的理念，把疆界消弭的理想，推展到更極致——這是一個全世界沒有限制的銀河傳說，這是一個沒有上下尊卑遠近親疏的世界了。

但我想鄭重說明的是，就創作而言，不管是小說創作或藝術創作，儘管創作者在作品中大量處理九〇年代或歷史事件，擷取某段歷史的文化符號與畫面影像作為創作素材，但就創作者的企圖、就作品的構成來說，其意義從來不是為了懷舊，其情感從來不該為了復古，其目的從來就不是為了重現、模擬、再製九〇的情景。

之所以擷取那些元素放入，是為了擴充創作的面向與可能性，就像除了文字，音樂、視覺藝術、舞蹈或社會事件都可納入，成為擴充小說寫作可能的配備。

換句話說，納入九〇年代的光華，乃至於任何小說納入曾經的歷史要素，其目的都是為了擴充作品的當代性，從來不是為了懷舊或復古。

寫老派，不是真老派，是為了掌握時代感。

就像在離地騰空的密室之內，我創造了一個小宇宙，那小宇宙折射出許多九〇年代的閃光，或者看起來神似九〇年代，但其實不是，不是那裡，不是過往，而是此時此地了。

媒體

Media

出自微妙而複雜的心理，對於發表以媒體為主題的文章，我始終十分抗拒。可能因為驕傲，可能覺得真正的溝通很難存在——我討厭現在流行的簡化式的，一味咒罵媒體失去理想性或弱智，這種看似義正詞嚴其實廉價無恥的簡易式評論。我也不認同媒體從業人員一味宣告自己的理想性，彷彿動機是濟弱扶傾其結果就必然正義、呈現就必然專業——事實恰好相反，新聞上只有專業才會通往真相，才有可能靠近正義一點點。也許我只是膽小，想避免可能招致的攻擊，也怕追索下去，會生出混雜人生感慨的哀傷，無法自制。

但曾有那麼一兩次，在我已經離開媒體很久後，某個疲憊的夜晚因為鬆弛或一點酒精，舌頭鬆動，默禱般說出聽起來像古老傳說過時童謠的話：媒體是獨立於行政立法司法的第四勢力，新聞是民主政治的基石，有義務執行社會大眾知的權利，社會大眾只有在充分了解真相的狀況下才能做出判斷與討論，行使民主社會的公民義務，讓船開下去。

我連珠射出這段話，友人笑了。他說，你說的是上世紀的浪漫吧，現在不興這樣的。我感到羞恥，因為人們覺得這過時，因為自己忍不住而招致嘲笑。

但是，這真的過時嗎？我至今仍那麼相信，唯有出自對真相的追求，我們的社會才可能進行實質討論，才可能落實真正的民主，才可能推動文化累積與文明的進程。難道數位時代我們就不參與民主政治，就摒棄公共討論，就喪失對文化探索的渴望嗎？

如果這些追求仍成立，沒道理我們不需要新聞。

唯一的差別是，在數位時代社群媒體占領我們的生活之前，媒體從業人員擁有大眾所沒有的媒體接近權，因此必須時時警惕自己守門人的特權，承擔尊嚴與使命感。基於這種民主社會模型，新聞逐漸發展出實務操作上的高標準要求，整套新聞寫作的學科系統與專業技藝：採訪對象的代表性、形容性推斷性判斷性字眼的篩除、比例原則、專業導入的多元面向、引述精準還原、可讀性的掌握等。這是出自崇高理想而生出的嚴格要求，又能基於這些限制，開展出豐富活潑的探索。

新聞成為一門專業是伴隨現代民主政治而起的概念，儘管報業電視在台灣發展有半世紀以上，大學早有新聞科系，但真正導入媒體乃第四勢力的社會模型觀念，試圖引進高標要求的實務訓練，是台灣解嚴後民主開花的九〇年代初。只可惜這套觀念與訓練，傳統的學院派始終抗拒，媒體人員毫無自省，網路時代的來臨，這門技藝尚未落實開展，就默默凋零了。

我們是否曾思考過一些基本問題：媒體是什麼？新聞是什麼？經營數位平台和經營新聞媒體是同一件事嗎？夾敘夾議迴避新聞寫作的專業要求和犀利評論是同一件事嗎？四平八穩或雙邊各陳就叫中立客觀嗎？獨立媒體是什麼，資金規模小的媒體就一定獨立嗎？

我想說的是，新聞若能做到專業，其本質就是獨立的，其精神就是超然的，獨立從來就只在於專業是否能彰顯。

理想若無法經由專業而在實務上落實，很可能就成了溫情。

網路時代過往被視為特權的「媒體接近權」已不復存在，誰都可以上網說話，媒體的公私屬性難分，往往多的是半套感受混著半套理解的貼文，誰也不在意真相。先理解客觀事實再討論辯證，這套邏輯已不再是我們介入社會參與、人際互動的邏輯。這是「我喜歡」、「我討厭」、「我覺得」充斥於視聽同溫層的時代，這是後真相時代，是情感政治霸凌一切的時代。

新聞不只是新聞，新聞牽引出的是我們對進步社會的想像，以及我們如何通往那裡的途徑與掌握。

我是上世紀以青春血肉投入新聞工作的孩子，人生晶燦的十多年在這令人痛苦的行業打滾，無非是因心裡的火熱；但我還沒真的老，就覺得物換星移了。

最終還是走開了，因為覺得守不住了。我有時擔心是否仍有人高貴地守著破窯的一點火，有時覺得自己耗費青春狗吠火車不免有恨，要自己轉身便相忘於江湖，又忍不住頻頻回首。

不是過時，只是純情。

The PIG's Got Swag

特別收錄

記維菁

鍾曉陽

初見面，是二〇〇八年十月我赴台為《停車暫借問》重出做宣傳，在一飯局上。在座有時報出版總經理莫昭平、楊澤、葉美瑤……此外有維菁。她跟我打斜對面坐，我暗驚這女孩真瘦，瘦得讓人擔心，坐在那裡細長一條，耀眼的粉紅連身裙，長頭髮兩邊各束起一撮，活潑俏皮像哪本漫畫走出來的少女，卻是文靜得有點閨閣，微微笑不怎麼說話，就是在那裡炫著人的眼。飯局畢大家站起散開，才看到她那裙子直落到腳踝，底下是高底的涼鞋，更顯得她柳條搖曳。在楊澤的邀請下又去了一家中國古典情調的喫茶店，維菁也來了，這回我們坐得近，幾乎膝頭碰膝頭，卻因為都說話聲音小，彼此要把頭湊前來聽，她說的話我記得其中一句是，一個人關在家裡亂寫是最開心的是不是？因此我知道她寫東西。她又從隨身的大包包裡取出她在看的書，把它豎在面前讓我看封面，我看到是艾莉絲・孟若的短篇小說集中譯本，一雙聰明眼睛像是裝滿了話很想告訴我甚麼，從她那熱情的眼光我知道她愛這作家。一直我都有點模糊她當天是以甚麼身分在場的，也沒問，後來看到她寫關於我的報導才知她是時報文化版的記者。多年後讀孟若，總會想起維菁把書豎在我面前很認真地把她介紹給我的模樣。

二〇一一年，一天收到一位台灣友人寄來的包裹，火紅的一本書跳出來。只看那裝幀跟書名，便覺著一股氣勢。《我是許涼涼》，多麼響亮的自我介紹。從小說概念，到文筆，到那對世道人心的洞見，我的一個感覺是「不凡」。是多麼罕有我們能看到一位作家帶來一個全然獨特的視角，是她多少年來的累積，經她不斷反芻內化理出來了一個用之格物的系統，從而給文學平添了新詞新意。從一開始維菁就那麼純然地是她自己，一個鮮明獨立的自我站在了讀者的面前。

二〇一五年，在幾年前創辦了新經典文化的美瑤邀我為維菁的新作《生活是甜蜜》寫推薦語。我有點忐忑，還是應允了。讀畢全書後的震盪餘波多天不散，儘管美瑤說只寫幾句也可以，我寫了一段又一段。美瑤收到推薦語後，電郵傳來維菁的回應：「我出去哭一下。」

其後維菁寄來的贈書的題字稱我「曉陽姊姊」，翻開見到時不禁恍神，平常她想起我時心中是這樣呼喚我嗎？

二〇一八年，我的《遺恨》由新經典文化在台灣出版，美瑤在建議行銷提案時一開始便提到維菁的名字，果然在後來收到的活動流程中看到維菁將在朗讀活動做我的同台講者。作為事前熱身我上網看了她的一些影片，包括二〇一三年她出席香港書展講座的錄影。我發覺跟我記憶裡的她很不同了。不那麼瘦了，成熟了許多，完全是大人，有大人的自信和自若，但是嘴角翹翹笑起來時那少女的特質又自然流露。用她的少女學語言來說，世故與純真，似乎在她身上渾然融合了。有一點不變的是，任何時候她完全是真誠的自己。

青鳥書店朗讀活動的那晚，前往華山文創區的路上，美瑤告訴我維菁剛做完手術出院，沒說詳情，但我心情沉重起來。可後來在華燈初亮的暮色中見到的她不但無病容，簡直容光煥發，頭髮在腦後束了條馬尾，是她那故事繪本《罐頭pickle！》的插畫有畫到的一個樣子，黑裙搭配閃亮紅鞋的打扮俏麗亮眼，中間這十年被壓縮成一瞬，彷佛光是為了這一晚，她鞋跟一敲，一搖身變回了少女，比當年更美麗。在會場旁邊的披薩餐廳吃餐，她盤子上的食物幾乎都沒碰，卻是看來心情很好講了不少話。我説起第一次見面的情形，她還記得。看我緊張就安慰我説：「待會兒有甚麼覺得不想答的就拋給我沒關係。」又有新經典的一位編輯同事告訴我，維菁曾對她説：「只要是曉陽姊的事不管是甚麼我都願意做。」

忽然我像有個美少女戰士護衛在旁隨時在我危急時躍出解圍，而我的確也借助了她的力量。活動中每次回頭看見維菁坐在那裡，我的心便安然，彷佛有她在我不會糟到哪裡去。

當晚她有個動作表情是我至今難忘的，是大家聊起《遺恨》的主人公于一平時，為了表示她對一平的喜愛，維菁豎起兩隻大拇指，一臉「我就是愛他」的嬌憨笑意。

她的離去，是于一平失去了一個知音，是我失去了一個知音，一個曾帶給我莫大的閱讀上的喜悦的文友。

想起來不過見過兩次面，為甚麼有個錯覺是更多？回美國後每想及她，總未免牽掛她的身體狀況，總想著下次回亞洲一定要抽空去趟台灣，不為公務而純粹就是玩兼探訪朋友。一定要去看維菁，就我跟她兩個，找個地方好好聊。或許我終於能當面叫她一聲「維菁」，因為我好像還沒有當面叫過她的名字。

此刻她那可親可愛的溫柔身影仍那麼活生生的縈繞我眼前。但這不過是剛開始。以後必然是，一次又一次的，在不同的場景中，黯然想起「維菁不在了」的這個事實。

如果有甚麼可稍慰思念的，或許就是她留下來的書。人是從文壇這個場域永遠缺席了，她的書會被閱讀下去。

作家是她幻想的家人，香港書展的那場講座上她這麼說。

費茲傑羅是她戀愛的對象，辛波絲卡的詩作她用來卜詩卦。

啊維菁，現在我也只能這樣了，到你的書裡去召喚你了。

二〇一八年十一月十五日

文學森林 LF0103

有型的豬小姐

作者
李維菁
小說家，藝評人。著有小說集《我是許涼涼》、《老派約會之必要》，長篇小說《生活是甜蜜》，與Soupy合作繪本《罐頭pickle！》。藝術類創作包括《程式不當藝世代18》、《我是這樣想的——蔡國強》、《家族盒子：陳順築》等。

書封插畫　Cynthia Chan Design
書封設計　李珮雯
版型設計　吳靜雯、詹修蘋
編輯顧問　陳慧嶠
責任編輯　詹修蘋
編輯協力　陳柏昌
行銷企劃　劉容娟、王琦柔
副總編輯　梁心愉

初版一刷　二〇一八年十二月三日
初版七刷　二〇二三年八月二十一日
定價　新台幣三八〇元

ThinKingDom 新經典文化
發行人　葉美瑤
出版　新經典圖文傳播有限公司
地址　臺北市中正區重慶南路一段五七號十一樓之四
電話　02-2331-1830　傳真　02-2331-1831
讀者服務信箱　thinkingdomtw@gmail.com
粉絲專頁　www.facebook.com/thinkingdom/

總經銷　高寶書版集團
地址　臺北市內湖區洲子街八八號三樓
電話　02-2799-2788　傳真　02-2799-0909
海外總經銷　時報文化出版企業股份有限公司
地址　桃園市龜山區萬壽路二段三五一號
電話　02-2306-6842　傳真　02-2304-9301

有型的豬小姐 / 李維菁 著. -- 初版. -- 臺北市：新經典圖文傳播, 2018.12
312面；14.8*21公分 --（文學森林；YY0203）
ISBN 978-986-96892-5-0（平裝）

855　　107018582